KB138933

창작공감: 작가

은의 혀* | 박지선

---

* 은의 혀는 영어로 silver tongue이며 '굉장한 말솜씨'라는 관용
표현으로 쓰인다. 의역하자면 '퀸 구라'라고도 할 수 있겠다.

국립극단

작품 정보

〈은의 혀〉는 국립극단 작품개발사업인 [창작공감: 작가]의 창작극으로, 2024년 8월 15일 홍익대 대학로 아트센터에서 초연된다.

작품 개발 과정

2023년 3월~5월 공모 및 작가 선정

5월 30일 오리엔테이션

6월~12월 워크숍 및 개별 스터디

(공통 워크숍 – 동시대성과 서사(사회학자 엄기호), 돌봄과 인권(인권활동가 김영옥), 젠더(문학평론가 오혜진))

(개별 워크숍 – 대학교 구내식당 급식 조리원 현장 리서치, 간호사 박은주 인터뷰)

(초고 피드백 워크숍 – 연출가 이연주, 작가 한현주, 연극평론가 배선애, 문학평론가 오혜진, 사회학자 엄기호)

(최종발표회 서면 피드백 – 인권활동가 김영옥)

10월 31일 국립극단 내부 중간 과정 공유회

12월 5일 퇴고

12월 15일 최종 발표회

2024년 8월 15일~9월 8일 제작 공연 발표

일러두기

본 출판물은 국립극단 [창작공감: 작가] 희곡선을 위해 정리한
것으로, 실제 공연과 일부 다를 수 있습니다.

등장인물

정은   50대 초반

은수   40대 초반

월선   40대 후반

외증조할머니

외할머니

엄마

예준

상주

문상객들

준철

트란

조리실무사들

앵커

초로의 여자

의사

재범

등

들어가기 전에

— 이 극에는 이야기를 끌어가는 목소리가 있다.

　그 목소리를 무엇이라 이름하면 좋을까.

　이야기하는 사람, 코러스, 해설자, 전기수…….

　무엇이라 이름하든 그 목소리는 시간과 공간을 넘나들며

　관객을 만날 것이다.

— 당연하게도, 등장인물 수는 배우 수를 뜻하지 않는다.

　한 배우가 여러 인물을 넘나들며 이 이야기가 충분히

　'이야기'임을 드러내면 좋겠다.

— 하얀 종이 위에 까만 글자.

　당신이 보는 이 인쇄 글자로 이야기의 감각을 어떻게

　전할 수 있을까.

　읽다가 눈이 커지는 페이지가 있다면 그것은 이런 고민에서

　시도했음을 전한다.

한 사람의 생애가
한 사람의 생애에 얹혀
둘이 무너져 내린 밤

그것은
셋이 넷이
아니, 우리가
무너져 내린 밤

놓쳐 버린 손의 밤
놓쳐 버린 숨의 밤

차마 떠나지 못하고
서성이는 마음

약해 빠져서
기꺼이 약해 빠지는 마음

그 마음에 '하는' 통증

우리는

파이터다.

—내 입 속에 가둔
'은의 혀'를 풀게 용기 준
국립극단 분들께 고마움을 전하며

2024년 여름
박지선

I.

___

봄이 왔습니다.

살랑이는 바람에 창을 열고 잠드는 봄, 밤이 왔습니다.

밤이 왔습니다.

밤이 오면 그 애도 옵니다.

어둡고 고요한 아파트 복도를 걷는 소리

철벅
철벅
철벅.

물웅덩이를 걷는 소리

철벅
철벅

철벅.

발소리는 현관문 앞에서 그칩니다.

문틈으로 새어 들어오는 물.

코를 찌르는 락스 냄새.

누군가 문을 두드립니다.

　　　　(쿵 쿵 쿵 문 두드리는 소리.)

목소리　　(문 너머에서) 아잖, 아잖했, 아잖했속약.

입 속 가득 물을 머금고

숨이 넘어갈 듯

가르랑 가르랑대는 목소리.

　　　　(쿵 쿵 쿵 더 크게 문 두드리는 소리.)

목소리　　(문 너머에서) 아잖했속약. 아잖했속약. 아잖했속약.

그러나 문은 열리지 않고

철벅

철벅

철벅

다시 어둡고 고요한 아파트 복도를 걷는 소리.

철벅

철벅

철벅

물웅덩이를 걷는 소리

멀어져 갑니다.

아주 작은 청개구리 한 마리

간신히 울며

멀어져 갑니다.

       (멀어지는 청개구리 울음소리.)

봄이 왔습니다.

밤이 왔습니다.

어김없이 그 애도 왔습니다.

2.

그런 꿈을 꾼 날이면 은수는 장례식장으로 갑니다.
ATM기에 뒤돌아서서 조의금 봉투에 지폐 몇 장 쑤셔 넣고
부고 게시판에서 303호의 죽음을 봅니다.

> (봄.
>
> 장례식장.
>
> 부고 게시판에 다음과 같은 안내가 뜬다.)

(訃告) 세한대학병원 장례식장에서는 고인의 명복을 빕니다.

303호	
故	한귀남 (85세)
상주	(손) 한성한, 한성우

은수는 오늘 고인의 절친한 친구의 손녀딸이 되기로 합니다.
병중에 계신 할아버님을 대신해서 조문 온 것으로.

은수는 303호로 갑니다.
303호는 가장 작은 빈소입니다.
다른 빈소에는 배우자, 딸, 아들, 사위, 며느리, 손…….
뿌리 깊은 가족의 문상객이 가득합니다.

303호는 주로 한산합니다.

은수는 조의금 봉투에 아무 이름이나 써서 조의함에 넣습니다.
문상을 합니다.

은수의 어둡고 수척한 얼굴에 상주는 선뜻

상주　　할아버님과 관계가 어떻게 되시는지…….

묻지 못합니다.
이 쓸쓸한 빈소에 누구라도 오기를 바랐는지 모르지요.

상주　　식사라도 하고 가세요.

마지못한 척 은수는 조문객실 가장 구석 자리에 앉습니다.

　　　(마스크를 한 상조도우미, 음식을 차린 쟁반을 들고 온다.)

목소리　　식사하실 거죠?

번쩍, 두 사람의 눈이 마주칩니다.
번쩍, 두 사람의 머리에 번개 치는 생각.

은수	또
정은	또
은수	이 여자네.
정은	이 여자야.

(정은, 은수에게 기습적으로 윙크를 하고 테이블에 음식을 차린다.)

은수	소주도 하나 주세요.
정은	빈속이잖유.
은수	주세요.
정은	밥부터 잡솨.
은수	주세요.
정은	시간은 허벌나게 많응께.
은수	주세요.
정은	(육개장을 내려놓으며) 한 뚝배기 해라마.
은수	저기요. 아까부터 사투리에 일관성 없는 거 아세요.
정은	저기요? 거참, 자꾸 뵙는 것도 인연인데
	인자 통성명할 때도 안 됐을까.
	마이 이즈 네임 이, 정, 은.
은수	마이 네임 이즈겠죠.
정은	오늘은 쇼부 보자고.
	저기요, 요기요 무슨 배달도 아니고.
은수	주세요.

(정은, 하는 수 없이 소주를 준다.)

| 정은 | 대신 육개장에 밥 말아서 한 술 뜨기. 콜? |

은수	(소주를 잔에 따르며) '이정은 님, 이정은 이모님'이라 부르면 되겠죠.
정은	이모, 언니 하다가 이년 저년 하드라.
	그냥 정은 샘이라고 불러요.
	선생님 소리 좋잖아요.
	안 그래요, 이은수 샘.
은수	제 이름을 어떻게…….
정은	그때, 일 년 전에. 여기에서 봤어요.

(일 년 전 봄.

같은 장례식장.

부고 게시판에 다음과 같은 안내가 뜬다.)

(訃告) 세한대학병원 장례식장에서는 고인의 명복을 빕니다.

303호	
故	최예준 (8세)
상주	(모) 이은수

그러니까 일 년 전.

사람들은 ATM기에 뒤돌아서서
조의금 봉투에 지폐 몇 장 쑤셔 넣고
부고 게시판에서 303호의 죽음을 봅니다.

303호 고인 최예준.

여덟 살.

상주는 모 이은수.
모 이, 은, 수.

맞습니다.
일 년 뒤 이 자리에서
이름도 모르는 고인을 조문하고 빈속에 소주를 털게 될
'은수'입니다.

은수가 아이의 장례를 치르던 날, 상조도우미로 온 사람이
'정은'입니다.
두 사람은 그렇게 처음 만났습니다.

정은은 직업의식이 투철한 상조도우미로서
나름의 철학이 있습니다.
빈소에 들어서기 전, 부고 게시판을 오래오래
정성 들여 읽습니다.
고인과 유가족을 대략 파악하고
슬픔의 매운 정도를 결정합니다.

아서라 세상사 쓸데없다.[1]
호상에 유가족 많으면 순한 맛.
호상에 유가족 적으면 보통 맛.
악상[2]에 유가족 많으면 매운 맛.

---

1   단가 〈편시춘〉의 노랫말이다.

2   惡喪. 수명을 다 누리지 못하고 젊어서 죽은 사람의 상사.

악상에 유가족 적으면 매우 매우 **매우ㄴ 맛!**

그런 다음 새빨간 육개장에 그것을 넣습니다.

(마스크를 한 정은, 비닐봉지를 탈탈 털어 뭔가를 국솥에 넣는다.)

상주   아니, 이 아줌마가 지금 뭘 넣는 거야.

상주에게 발각돼도 정은은 또박또박 힘주어 말할 겁니다.

정은   땡, 초.
상주   땡초?
정은   전 상조도우미니까요. 슬픔을 돕는 게 제 일이죠.

(상조에서 온 도우미와 장례지도사 등, 장례식을 준비한다.)

사랑하는 이가 인생을 땡 쳐
슬퍼하는 이를 달랠 땐 땡초
이열치열 이판사판 합이 육판
고통에 얼얼한 가슴 때려 땡초
눈물에 얼룩진 뺨따구 쳐 땡초
삼팔광땡 내 인생이 장땡이여
땡 잡은 것 같던 인생
땡 치는 건 막을 수 없어
땡전 한 푼 없이 가노라
땡초 이빠이 시뻘건 슬픔 해장하네

흔히 젊어서 부모보다 먼저 자식이 죽는 경우를 이른다.

그날도 정은은 부고 게시판을 읽고
'슬픔의 매운 정도'를 결정하려고 했습니다
만 결정하지 못했습니다.

이렇게 어린 고인은 처음이었습니다.
유족이 한 명뿐인 것도 처음이었습니다.

그것은 세상에 단둘뿐이었다는 것이고 그러므로 이제 남은 건
단 하나뿐이라는 것이었습니다.

이렇게 문상객이 없는 것도 처음이었습니다.
아이 학교 선생님, 아이 친구 엄마 몇 명이 다였습니다.

퇴근 시간이 되자 정은은 돌아서 나왔습니다.

    (밤.
    장례식장 앞 병원 셔틀버스 정류소.
    문상 왔던 아이의 친구 엄마 둘과 정은, 셔틀버스를 기다린다.)

문상객♤ 예준 엄마 불쌍해서 어떡해.
문상객♠ 그러게. 장례식장에 사람이라도 좀 많으면 좋을 텐데.
문상객♤ 딸랑 둘이 이사 왔잖아. 아는 사람이 없겠지.
문상객♠ 친정 있는 데로 가지.
문상객♤ 나도 그랬지. 우리 애가 예준이랑 친해서 가끔 만났잖아.
            근데 친정 부모님은 돌아가셨고,
            어디든 그냥 자기한테는 다 똑같대.
문상객♠ 애 아빠는?

문상객♤ 예준이가 우리 애한테 그랬대.

자기 아빠는 호주로 떠났대.

아기 동생이 태어나기를 기다린다고.

문상객♠ …….

문상객♤ …….

문상객♠ 삼일장인데 발인까지 어떡하냐.

이것저것 챙길 것도 많을 건데.

문상객♤ 자기 내일 올 수 있어?

문상객♠ 내일 시댁 제사잖아. 자기는?

문상객♤ 난 막내 아파서 오늘도 겨우 나왔어.

초록학부모회에 올려야겠다. 좀 오라고.

(문상객들, 핸드폰을 꺼내 여기저기 연락한다.)

문상객♠ 아무리 생각해도 이해가 안 돼.

안전요원은 뭘 한 거야.

수영장에서 애가 물에 빠졌는데 왜 못 봤대.

문상객♤ 성인 풀에 애들 레인 만든 거 자체가 말이 안 돼.

나도 거기 갈 때마다 애들 얼마나 단속했는데.

겁도 없이 깊은 3레인으로 넘어가려고 하잖아.

문상객♠ 예준 엄마는 왜 못 들었을까.

애가 물에 빠졌으면 엄마 불렀을 거 아냐.

문상객♤ 귀마개하고 있었대.

문상객♠ 예준 엄마 혼자 저러고 있다 또 뭔 일 나면 어떡하냐.

(병원 셔틀버스, 도착한다.

문상객들, 버스에 오른다.

셔틀버스, 떠난다.
정은, 정류소에 남아 있다.)

버스는 떠났습니다.
정은은 남았습니다.

정은은 구석진 벤치로 갑니다.
가방에서 물과 약을 꺼내 남몰래 입에 붓고 가르르르 꿀꺽.

이어폰을 귀에 꽂고 음악을 들으며 고개를 까딱까딱.
고개를 까딱까딱.

정은은 생각합니다.

정은　　봄밤이야.
　　　　봄, 밤.
　　　　봄밤에는 뭘 해도 말이 되지.

정은은 다시 장례식장으로 향합니다.

　　　　(밤.
　　　　장례식장 303호.)

정은　　상주님.

　　　　(은수, 분향실에 있다.
　　　　은수, 영정 사진과 눈을 마주치지 않게 모로 앉아 있다.)

정은	상주님.
은수	(그제야 알아보고) 죄송해요.
	수고비 보내 드린다는 게 그만.
	지금 이체할게요.
정은	그게 아니고요.
	제가 집이 멀어서 막차가 일찍 끊기는데요.
	오늘따라 무슨 일인지 막차가 더 일찍 끊겼지 뭐예요.
	택시를 타면 남는 게 없어서.
	괜찮으시면 저 여기서 같이 있어도 될까요.
	내일 아침 일찍 음식 준비도 할 수 있고
	말하자면 '일타쌍피'라고나 할까.
은수	(신경 쓰고 싶지 않다.) 편하신 대로 하세요.

정은은 그렇게 텅 빈 눈은 처음이었습니다.
은수의 눈은 동굴 속처럼 고함을 치면 텅텅 울릴 것 같았습니다.

정은은 주방으로 갔습니다.
아직 식지 않은 육개장을 한 대접 펐습니다.
도무지 이 슬픔의 매운 정도를 가늠할 수 없어
땡초를 때려 부었습니다.

(정은, 육개장과 밥을 차린 쟁반을 은수 앞에 놓는다.)

정은	상주님.
	봄밤이 길어요.

(정은, 조문객실 구석으로 가서 얕은 신음을 뱉으며 앉는다.

정적이 흐른다.

정은, 충전해야지 양치해야지 괜스레 부스럭대다 눕는다.

한참 천장을 보다가 문득)

정은   상주님, 저는요. 잘 때도 마스크를 안 벗어요.

왜 그런지 궁금하지 않아요?

은수   …….

정은   사람들이 내 입 속을 보면 안 되거든요.

왜 입 속을 보면 안 된다고 할까, 되게 막 엄청 진짜

궁금하지 않아요?

은수   …….

정은   이거 말해도 되나 몰라. 진짜 비밀인데.

상주님 오늘 계 탄 줄 아세요.

사실은……

내 혀는 은이에요.

뻘건 살덩어리가 아니라 은이라고요.

밑도 끝도 없는 밤.

정은   얼핏 보면 아픈 사람맨치로 백태가 낀 것 같지만

사실은 은갈치맨치로 반짝반짝하는 '은 혀'라고요.

밑도 끝도 없이 정은은

반짝이는 은빛 혀를 이야기합니다.

정은   신기하죠. 이게 외탁을 했어요.

우리 엄마의 엄마, 엄마…… 윗대부터 모전여전이랄까.

재촉하지 마세요. 지금부터 다 얘기해 드릴 테니까.
그러니까 옛날옛날 우리 외증조할머니가
살아 계셨을 때에요…….

(정은, 혼자 계속 이야기를 이어 간다.)

봄밤은 정말 길었습니다.

그렇게 삼일장을 치르고

은수는 머리가 새하얗게 다 세어 버렸습니다.

3.

세 달 뒤 어느 여름.

은수는 다시 같은 장례식장을 찾았습니다.

아이의 장례식이 열렸던 303호.

조문객실 가장 구석 자리에 앉았습니다.

　　　　(마스크를 한 정은, 음식 쟁반을 들고 와서 음식을 내려놓는다.)

정은　　식사하실 거죠?

은수　　소주 한 병 주세요.

정은　　(그제야 알아보고) 상주님, 문상 오셨어요?

은수　　…….

정은　　(국을 다시 가져가며) 잠깐만요. 국이 다 식었어요.
　　　　　다시 가져올게요.

정은이 다시 왔을 때

은수는 사라지고 없었습니다.

또 세 달 뒤 어느 늦은 가을.

은수는 같은 장례식장을 찾았습니다.

(겨울비가 내린다.

장례식장 입구 근처 흡연 장소 겸 자판기가 있는 휴게소.

은수, 담배를 문다.

정은, 우산을 가지고 뛰어온다.)

정은   (우산을 내밀며) 상주님, 이거 쓰고 가세요.

누가 두고 갔지 뭐예요.

뭐 좀 들고 가시지. 왜 그냥 가세요.

지난번에도 그러더니.

부조도 했는데 딸랑 소주 한 병. 그 소주 참 비싸다.

(두 사람, 말없이 비 오는 꼴만 본다.)

정은   (노래한다.) '겨울비처럼 슬픈 노래를~.'[3]

은수   (담배를 피다가 쿨럭.)

정은   아, 입담배. 난 담배를 왜 배운다고 하는지 모르겠다.

가나다, ABC 이런 걸 배운다고 하는 거지.

담배는 '배린다'고 해야지.

은수   안 들어가세요.

정은   (자판기에서 커피를 한 잔 뽑아 은수에게 내민다.)

은수   (관심 없다.)

정은   (계속 커피를 내밀고 있다.)

은수   드세요.

정은   안 돼요. 말했잖아요. 난 마스크 벗으면 안 된다니까.

---

3 김종서의 〈겨울비〉

누가 본다고요. 내 은 혀.

은수　　(관심 없다.)

정은　　얘기했는데.

은수　　(관심 없다.)

정은　　우리 외증조할머니 은 혀 얘기도 했는데.

여기서 잠깐.

그 밤 정은이 늘어놓은 외증조할머니 이야기를

잠시 떠올려 봅시다.

이분이 정은의 외증조할머니.

외증조할머니　　거그. **왜** 자꾸 **증**말 **조**는 겨.

거그 말이여. 너. **왜** 자꾸 **증**말 **조**는 겨.

워쩌 썰을 푼댜 만댜.

암만. 쌈은 싸야 맛이고 썰은 풀어야 멋잉께

썰을 한번 쏠쏠 풀어 보는 겨.

나가 말이여.

혀만 대도 음식에 독이 있나 없나 아는 겨.

내 혀가 은이란 말이여.

은이란 것은 독에 닿으믄 꺼매져.

밥을 한술 떴는데 혀가 꺼매졌다 그럼 뭐간?

절대적으로다가 밥에 독이 든 겨.

누가 밥에 독을 탄 건께 퉤 뱉어야 혀.

나가 이래 봬도 말이여.

고종 전하 앞에서 메롱, 하던 위인이여.
수라상 기미 보는 상궁이었던 겨.
니기미 아니고 기, 미.
냄새하고 맛이란 말이여.
전하 잡숫는 거에 독이 든 겨, 안 든 겨
혀를 대보고 메롱!
이거이 내 일이여.

세상 맛난 거 맛본다고 부럽댜?
이, 그랴. 니가 잡숫고 뒈질 겨.

삼시 세끼 밥때만 되면 허기지는 게
그렇게 원망스러운 겨.
거품 물고 뒈질 판인데 수라상만 보면
침이 꼴깍.
혀를 안 대고 배기간?
내 허기는 배긴다 혀도
궐 밖 식구덜 허기는 어쩔 겨.
내가 미쳤다고 기미상궁을 하간.
내가 혀를 대야 식구덜 양식을 버니
혀를 낼름, 눈물이 찔끔.
'드럽게 맛은 좋네' 싶다가도
독 처먹고 뒈질라나 무서워서 오줌이 찔끔.
그러다 두둥 그날이 오고 만 겨.
고종 전하께서 뜨거운 식혜를 좋아하시는데
그날은 새벽부터 "여봐라, 식혜를 대령하라."
이러시잖여.

김이 설설 나는 식혜를 대령하니까
"어허, 뭣 하고 섰느냐. 당 떨어진다. 당 떨어져.
빨리 마시게 어서 기미를 보아라."
하도 재촉하셔서 내가 얼른 혀를 댔지.
그런데 그만 Hot! 뜨거, 뜨거, 뜨거, Hot![4]
혀가 덴 겨.

잠깐만.
할머니 혀는 은이라면서요.
뜨거운 식혜에 은 혀가 덴다는 게 말이 돼요?

외증조할머니   거그, **왜** 자꾸 **증**말 **쪼**는 겨.
듣기 싫으면 나가서 환불 받는 겨.

아무튼 고렇게 혀가 데는 바람에
나는 병결을 냈고.
전하는 다시 식혜를 드시다가 그만…….

고렇게 일천구백십구년 1월 21일
고종 전하가 승하하시고 말았다 이 얘기여.

---

4   원타임의 〈Hot 뜨거〉

4.

또 세 달 어느 늦은 겨울.

은수는 같은 장례식장을 찾았습니다.

> (은수, 303호 조문객실 식탁에 앉아 있다.
>
> 정은, 쟁반을 들고 와서 음식을 내려놓고 맞은편에 앉는다.)

은수　(술이 됐다.) 일 안 하세요.

정은　(앞치마를 벗는다.) 지금 퇴근 중.

은수　늘 303호에서 일하시네요.

정은　넓은 데는 힘들어요. 문상객이 많아서.

은수　(술을 마신다.)

정은　거 참 빈속에. 요 동그랑땡 하나 잡숴 봐요.

은수　오지랖 참 넓으시다.

정은　말 참 매력적으로 한단 말이야.

　　　　내 오지랖이야 오대양 육대륙이지.

은수　(말을 말자 싶다.)

정은　정 없게. 나도 한 잔 줘 봐요.

은수　(한 잔 따라 주고 자기 잔도 채워서 툭 털어 넣는다.)

	안 드세요?
정은	(코에 술을 대고 냄새 맡는다.) 안 먹는 게 아니라
	못 먹잖아요. 알면서.
은수	모르는데.
정은	말했잖아요. 난 마스크 안 벗는다고.
	누가 내 입 속을 보면 안 돼서.
	기억 못 하는구나. 말했는데.
	나는 은의 혀를 가졌다고.
은수	을의 혀?
정은	은의 혀.
은수	은이나 을이나.
	금도 아니고 갑도 아니고.
정은	우리 외할머니 얘기도 했는데.

옳거니, 외할머니 얘기가 나왔는데 안 들어 볼 수 없지.

이분이 정은의 외할머니.

외할머니	이 **외**골수들 **할**, 뭐니.
	이 **외**통수들 **할**, 뭐니.
	됐다마. 내 얘기나 들어 봐라.

내가 말이야. 산만대이 쪼깨난 마을에 살았는데
육이오 전쟁이 터지드만 불씨가 그까지 날라왔어.
사내들은 어데 숨든가 산에 군에 끌려가 삐고
여자들하고 알라들만 남았다 아이가.

하루는 산사람, 하루는 군인 경찰,
총 들고 와서 밥 내놔라 성화라.

어예 나는 전쟁이 나도, 안 나도 밥하는 건 마 똑같노.
세상 뒤집을라꼬 처죽여싸면서 밥은 와 내한테 다
달라 카는데.

난리에 굶어 죽을 판인데 싸우는 것들 밥해대느라
쎄가 빠졌지.
그래 밥을 해다 주믄 곱게 처드실 것이지
독이라도 들었나 의심해 쌌네.
어데서 들었는지 내한테 한 입 무 보라캐.
저년은 쎄가 은이라꼬,
밥에 독이 들었으면 쎄가 꺼매진다꼬.

'이 **외**골수들 **할, 뭐니.**
알라 멕일 밥도 없는데 내가 미쳤다꼬
이 귀한 밥에 독을 처넣노.'
내는 밥을 마 쎄리 이빠이 입에 퍼 넣고
'아나, 독이 있나 없나 단디 봐라. 마 밥맛만 좋구마.'
쎄를 메롱.
번쩍번쩍하는 쎄를 메롱 메롱해 뿠지.

하루는 산사람인지 군인 경찰인지 쫓겨 가는 판에
밥을 한 솥 하라 카네.
밥에 독을 타라 카네.
내보고 무라 카네.

한 숟갈 물고 메롱 했지.
쎄가 마 꺼매지대.

덜덜 떠는 내를 보고 고함을 질러싸.
"삼켜. 삼켜. 꿀꺽 삼켜.
벌거지 같은 것들이 몰려올 테지.
배부터 채우려 들 테지.
밥부터 먹으려 들 테지.
이 밥을 먹고 다 뒈져야 할 텐데.
네년의 은 혀가 있으면 밥에 독이 든 줄 알 테지.
안 처먹을 테지.
그것들 씨를 말리려면 너부터 말려야겠다.
삼켜. 삼켜. 꿀꺽 삼켜."

그때 돌아가신 울 엄마 말이 등뼈를 때리대.
"누가 지대로 널 멕이면 퉤 뱉는 겨."
그래 마 퉤 뱉아 뿌니까 내를 끌고 가데.

와따 살았다 싶었는데 그길로 골로 갔다 아이가.
여자들하고 알라들하고 골짜기 구디에 서라 카더만
총을 다다다다다!

그래 구디에 파무칠는데 정신은 남아서 '살려 주소!'
소리칠라 캐도
흙이 벌거지처럼 자꾸 입 속에 기 들어와.
퉤 뱉을라 캐도 자꾸 입 속에 기 들어와.

그게 하마 일천구백오십일년 2월 9일이었을 기다
이 이야기다.

5.

_____

그렇게 한 해가 가고 다시 봄.
은수와 정은은 다시 만났던 겁니다.
어김없이 이곳, 303호 장례식장에서.

    (다시 2장의 봄.

    장례식장 303호.)

정은   은수 샘, 이제 우리 이름 부르기로 한 겨.

           한번 불러 봐요. 정은 샘!

은수   (소주를 한 잔 따라서 정은 쪽으로 밀어 준다.)

           아, 마스크 벗으면 안 돼서 못 드신다고 하셨지.

           은 혀라서.

정은   뭐지, 그 웃음. 지금 내 말을 못 믿는 건가.

은수   룰루랄라.

정은   룰루랄라?

은수   무거운 은덩어리 혀로 이게 어떻게 될까.

           룰, 루, 랄, 라?

정은   우리 외증조할머니, 외할머니 얘기까지 해 줬는데

　　　　　못 믿다니. 할 수 없지.

은수　　(이제 그만하려나 싶다.)

정은　　우리 엄마 얘기를 해 줄 수밖에.

그렇지, 엄마를 빼 놓을 뻔했네.

이분이 정은의 엄마.

엄마　　쩌그, 사람을 **엄**하게 **마**구 쪼사 불면 큰일 난당께.
　　　　　엄청 **마**셔 불고 취해 불면 크으은일 난당께.
　　　　　워쩌께 시방 내 야그 좀 들어 볼라나.

　　　　　(노래한다.) '지금도 기억하고 있당께.
　　　　　시월의 어느 날 밤을~.'[5]
　　　　　내는 그날도 거그 일하러 갔으.
　　　　　알지, 거그? 푸를 청, 기와 와…… 알지?
　　　　　나가 일하던 거그는 거그 중에서도 스페셜리한 거그.
　　　　　알지? 안, 전, 가, 옥. 줄여서 안가.

　　　　　해가 떨어지믄 안가에서 연회가 열리곤 했으.
　　　　　그분이 마련한 아주 스페셜리한 술판.
　　　　　알지, 그분? 몰러?
　　　　　'임자, 잘살아 보세.' 몰러?
　　　　　산해진미 떡 벌어진 술상 앞에서
　　　　　김재규…… ㄴ 중앙정보부장,
　　　　　차지처…… ㄴ 경호실장이 기다리제.

5　이용의 〈잊혀진 계절〉

그분이 수저를 들 때꺼지.
그분은 아따 내를 기다리제.
"차 실장, 임자 들라 캐라."

그라믄 차 실장이 날 데리러 와서 이라제.
"각하 옆에 있다고 착각하지 마.
넌 그냥 혓바닥이야.
각하 드시는 거에 독이 있나 그냥 맛보고 혀 내밀고
그게 다야.
혀 잘못 놀리면 은이고 나발이고 우리는 갈아 버려."

나는 그분 앞에 앉거.
그분은 나만 빤히 보믄서 침을 꿀꺽.
"임자, 빨리 먹어 봐.
요새 시국이 흉흉해서 물 한 잔도 마음 놓고 못 마셔.
아니, 밥은 됐고 일단 한잔해.
빈속에 이게 넘어가야 속이 짜르르하지. 얼른."

시바, 빈속인데.
오해 말어. 시바는 양주.
그분은 시바를 좋아했고, 오늘도 그분은 시바.
고로 나도 시바 한 잔 뿌셔 불고 메롱, 혀를 내밀제.
내 혀가 아무 이상 없응께 그분도 본격 달리는 거여.

'비가 오면 생각나는 그 사람~'
새 병을 깔 때마다 첫 잔은 나가 제껴 불고.
마지막 병을 까는데 '응? 왜 마개가 잘 까지지?'

이상허다 싶었지만 그냥 짰어.
한 잔 제껴 불라는 찰나, 김재균 부장이 벌컥 썽을 내네.
"시바, 비싼 술인데 입만 적시라고."
그랑께 차지천 실장이 쏘아붙여야.
"입술만 적셔서 뭘 알아.
중앙정보부장이나 돼서 각하의 안위보다 술이 아깝나."
근게 김재균 부장 눈이 이글이글 타는데, 워매!

나가 막잔이라 속이 짜쳐 부렀는지 커억 토해 불고.
혀가 꼬부라져서 지 맘대로 나불대는디.

"비가 오면 생각나는 사람들아,
잘살아 보세 그럼서 사람을 **엄**포 놓고 **마**구 쪼사
불면 큰일 난당께.
술이고 힘이고 **엄**청 **마**셔 불고 취해 불면
크으은일 난당께.
뭘 그리 몰뚝찮게 쳐다본당가.
참, 여그를 보게. 메롱!"

그랑께 그분이 새파래져서
"임자! 혀, 혀가 까매졌어."

그때 김재균 부장이 꽥 질러 부러야.
"시바, 입만 적실 것이지.
너 때매 음독 작전이 실패했잖아. 그렇다면."

김재균 부장이 얼굴을 비장코로 하고 총을 꺼내드만

탕! 탕!

우쩨스까 독 때문인지 시바 때문인지
나도 꼬꾸라져 븐디…….

그거이 일천구백칠십구년 10월 26일 일이라 이 야그여.

(다시 장례식장.)

정은   은수 샘, 이 얘긴 은수 샘만 알고 있어요.
         다른 사람한테 절대로 말하면 안 돼요.

은수   안 하는 게 아니라 못 하겠죠.

정은   국 다 식었겠다. 한 술 뜨기로 했잖아요. 얼른.

(은수, 마지못해 육개장을 한 술 뜬다.
정은, 다시 주방으로 가려고 일어선다.)

정은   그거 알아요.
         은수 샘 이거 한 술 뜨는 데 딱 일 년 걸렸다.

은수   그런가.

은수는 생각했습니다.

은수   벌써 일 년이 지났나. 그날로부터.

이거야말로 새빨간 거짓말 같은 이야기.

6.

은수   밤이 와.

(문 너머에서 들리는 발소리, 철벅 철벅 철벅.)

은수   너도 와.

(발소리, 철벅 철벅 철벅.)

목소리   (문 너머에서).요세하녕안

은수   왔구나. 내 아기.

목소리   (문 너머에서).요세하녕안

은수   그래. 너도 안녕하세요.

목소리   (문 너머에서).아잖했속약

은수   제발.

목소리   (문 너머에서).아잖했속약.……개마귀

은수   제발 그 말만은…….

목소리   (문을 두드리며).아잖했속약
　　　　.고다한영수 랑나 면오아찿 개마귀
　　　　.아잖했속약.아잖했속약.아잖했속약
　　　　(문을 두드리다 힘에 겨워 주저앉는다.)
　　　　엄마…….

　　　　(은수, 문을 연다.
　　　　그 순간 양수가 터진 듯
　　　　문 너머에서 왈칵 쏟아지는 수천의 청개구리.

　　　　은수의 전신에 들러붙어 맹렬하게
　　　　맹렬하게 운다.)

7.

(시립스포츠센터 실내 수영장.

은수, 3레인에서 헤엄친다.)

은수　그래. 가자. 수영하러.
　　　나랑 같이 3레인에서 헤엄치는 거야.
　　　아무도 모를 거야.
　　　내가 너랑 같이 있는 거.

　　　난 매일 헤엄칠 거야.
　　　건강해질 거야.
　　　탄력 있고 윤기 있고 활기 있고 생기 있고.

　　　사람들은 다만 너만 없다고 생각하겠지.
　　　어떻게 그런 일을 겪고도
　　　탄력 있고 윤기 있고 활기 있고 생기 있을 수 있냐고
　　　하겠지.
　　　어떻게 3레인에서 헤엄칠 수 있냐고 하겠지.

너는 없지 않은데.
너는 없지 않은데.

다들 3레인을 잊어버렸어.
다른 레인에선 줄지어 헤엄치면서
처음부터 없었던 것처럼
보이지 않는 것처럼
3레인에선 아무도 헤엄치지 않아.

아니. 너무 기억해서일까.

투명한 수면 위로 청개구리처럼 떠오른 너.

쳐다보기만 해도 옮겨 붙을 것 같은 죽음.

내가 물살을 가르는 여기
불길한 3레인.

8.

어느 날 은수는 다시 장례식장을 찾았지만
정은을 만나지 못했습니다.
정은의 상조도우미 짝, 강월선을 만났습니다.

(여름.

장례식장 303호 조문객실.)

월선   또 오셨네. 정은 언니가 그랬지. 또 올 거라고.

혹시 자기가 없을 때 오면 밥 좀 챙겨 주라고.

지랄. 지나 챙기지.

모르죠? 정은 언냐가 항암 중이거든요.

보통 항암 주사 맞고 그날 퇴원하는데

이번엔 영 맥을 못 추네.

전이가 돼서 그런지.

정은은 장례식장 옆 입원 병동에 있다고 했습니다.
은수는 육개장을 몇 술 뜨고 일어섰습니다.

월선   가 보시게요?

은수는 어떻게 해야 할지 몰랐습니다.
이 말을 듣기 전까지는.

월선   (보호자 출입증을 건넨다.) 이거 갖고 가세요.
            이거 없으면 병실에 못 들어가요.
            보호자 출입증이에요.
            환자마다 하나만 나오는데 내가 갖고 있어요.
            가끔 들다보고 필요한 거 갖다주고.
            언냐가 누가 없어요, 올 사람이.

은수는 가 봐야겠다고 생각했습니다.

월선   (반찬통을 건넨다.) 이거 언냐한테 좀 갖다줄래요.
            땡초인데.
            환자식은 심심해서 못 먹겠다나 뭐라나.

은수는 입원 병동으로 향했습니다.

        (장례식장 옆 간호간병통합병동 다인실.
        간호사 준철, 기웃대는 은수를 본다.)

준철   저기요. 여기 보호자 아니면 출입이 안 되는데
            어떻게 오셨어요?
은수   (보호자 출입증을 보여 준다.)
준철   이정은 님 보호자? 다른 분이셨던 거 같은데.

환자 분이랑 관계가 어떻게 되시는데요?

정은   (소리) 아프면 들다보는 관계. 그 관계는 뭘까요~.

(정은, 휴게실에서 커피를 뽑아서 입원실로 들어오는 참이다.
정은, 예전보다 몸 상태가 안 좋고 여전히 마스크를 하고 있다.)

준철   환자 분, 돌아다니지 말라고 말씀드렸죠.
오늘 그냥 퇴원하실까요?

정은   우리 배 간호사님, 왜 또 썽을 내고 그랴.

준철   수액 갈아야 하니까 꼼짝 말고 계세요. 아셨죠?

정은   오케이. (준철, 나가자 은수에게)
월선이한테 전화 왔대. 온다고. 앉아요.

(정은, 보호자용 침대를 빼 주고 침상으로 올라간다.)

정은   (커피 내밀며) 오늘은 소주 말고 이거.

은수   잘 먹겠습니다.

정은   오늘 엄청 공손하셔. 장례식장 말고
딴 데서 봐서 그런가, 오랜만이라 그런가.
(다음 말이 안 들어오자) 몸은 좀 어떠냐고?

은수   아, 네.

정은   괜찮으면 내가 여기 있겠어요.
검사를 몇 개나 했는지 몰라. 아주 징글징글해.
(다음 말이 안 들어오자) 무슨 검사냐고?

은수   네.

정은   전이가 어디 어디 됐나 보는 거지.
폐암이잖아, 나.

은수	(커피를 꿀꺽 삼킨다.)
정은	병원에만 있으니까 너무 답답하다.
	어디 씨원한 데 가서 바람이나 쐬면 차암 좋겠는데.
	은수 샘, 이번에 나 나가면 같이 씨원한 데 갈래요?
은수	…….
정은	나 막 외로워질라 하네.
은수	그게…….
정은	은수 샘 혹시 버킷 리스트라고 알아요?
은수	네.
정은	내 하나의 버킷 리스트가 그저 씨원한 데 가서…….
	(갑자기 기침을 해댄다.)
은수	생각해 볼게요.
정은	진짜 생각해 보기다. 가는 쪽으로.
은수	(정은이 침상에서 내려오려고 하자) 뭐 드릴까요?
정은	핸드폰. 거기 창가에 있는데.

(은수, 창가에서 핸드폰을 찾아 건넨다.)

은수	간병인은 없으세요?
정은	나 혼자서도 잘해요.
	여기 간호간병통합이라 웬만한 건
	간호사랑 조무사가 해 줘요.
	씨원한 데 갈려면 연락이 돼야지. 번호 좀 줘 봐요.

(정은, 은수에게 핸드폰을 준다.
은수, 자기 번호를 누르고 다시 핸드폰을 돌려준다.)

정은   (은수에게 전화를 건다.) 이게 내 번호예요.

꼭 필요할 때만 전화할 테니까 내 전화 꼭 받기.

폐 끼치지 않을 테니까.

훗날 정은의 장례식에서 은수는 생각합니다.

그때 정은에게 이렇게 말했어야 했다고.

은수   아니, 폐암이라면서요.

폐 끼친다, 폐가 된다, 혼자 생각 말고요.

그냥 나한테 폐 끼치세요.

나 다 알아요.

그날 밤, 차 끊겼다고 말도 안 되는 거짓말하고

장례식장에 같이 있었잖아요.

그건 샘이 폐 끼친 거예요, 아니면 내가 폐 끼친 거예요?

됐어요.

우리 그냥 폐 끼쳐요.

누가 무슨 관계냐고 물으면 그래요.

서로 폐 끼치는 관계라고.

우리 그냥 그거 해요.

9.

세상에서 가장 무서운 걸 하나 꼽아 보라고 하면 정은은 이걸
꼽았습니다.

허기.

배가 물크러지는 것 같은 허기.
속이 곯는 허기.
온몸이 텅 빈 울림통이 된 것 같은 허기.

남의 집 더부살이할 때 도시락을 싸려고 밥통을 열면
텅 비었을 때 정은도 텅텅 비었습니다.

사장님   요즘 굶는 사람이 어디 있어? 안 그래, 미쓰 리?

회식에서 사장님이 허벅지를 툭 치며 웃을 때
정은은 같이 허리를 꺾으며 웃었습니다.

야근할 때마다 주는 식권.

그걸 모아서 돈으로 바꿀 때
정은은 허기가 돈이 된다는 걸 알았습니다.

그렇게 허기는 정은의 친구가 되었습니다.

허기를 돈으로 바꾸고,
그 돈으로 허기진 몸 둘 곳을 찾아야 했습니다.

정은   해가 진다.
꽃이 진다.
허기진다.
가위는 바위에 지고
이정은은 허기에 진다.
매번 진다.

어느 날, 숯불갈비 집에서 같이 일하던 월선이가
불판을 집어 던집니다.

월선   된장! 익기도 전에 처먹을 거면서
불판은 왜 자꾸 갈아 달래.
내가 밴드 생활 하느라 참고 일했는데 도저히 못 하겠다.
언니, 우리 여기 때려치우고 학교 가자.
정은   난 학교 졸업했는데. 넌 자퇴했지만.
월선   나이도 있는데 언제까지 알바 몇 탕씩 뛸 순 없고.
저기 초등학교 있지? 급식실에서 사람 구한대.
초등학교니까 점심만 하면 되고 가깝고
저녁 전에 마치고 와따.

정은 글쎄.

월선 거기는 1인분씩 찔끔 안 먹고 지 마음대로 퍼 먹는대.

학교는 날마다 부페, 날마다 축제야.

하, 똑같은 반찬 처먹는 세상이 오다니.

나 도시락 트라우마 있잖아.

맨날 김치 국물 새서 얼마나 쪽팔렸는데.

언니, 우리 이 불판을 떠나자.

그렇게 정은은 월선과 함께

초등학교 급식 조리실무사가 되었습니다.

정은의 인생에 드디어 무서울 게 없는 세상이 왔습니다.

허기 없는 세상.

은빛 반짝이는 식판에 고봉밥, 따뜻한 국, 세 가지 반찬.

허기질 일 없는 세상.

정은은 자신의 허기도 허기지만

아이들이 배부르게 먹는 모습이 좋았습니다.

그건 열두 살의 허기진 자신을 먹이는 일이기도 했으니까요.

아이들이 "급식 선생님! 급식 선생님!" 하는 것도 좋았습니다.

그동안 정은은 "아가씨! 언니! 이모! 아줌마! 어머니! 여기요!

저기요! 어이!"였으니까요.

할 줄 아는 게 밥하는 것밖에 없다는 생각이 들다가도

(베트남에서 온 트란, 식판을 들고 쭈뼛쭈뼛한다.)

정은	트란 왔어? (소곤소곤) 어때, 오늘 김치볶음밥인데 괜찮겠니?
트란	그럴 리가.
정은	이번 달 세계 음식의 날에 쌀국수 나온다.
트란	저는 반쎄오가 좋습니다.
정은	반쎄오? 걔는 몇 반인데?
트란	(한숨을 쉰다.)
정은	왜? 반쎄오는 너 안 좋아해?
트란	선생님.
정은	말해, 트란 트란.
트란	(반찬을 보고) 이것은 무엇입니까?
정은	우엉?
트란	저는 우엉이가 싫습니다. 조금도 주세요. 우엉우엉. ♥

정은은 1학년부터 6학년까지 400명이나 되는 아이들을
먹이고 돌보고 있다는 생각에 뿌듯했습니다.
일의 강도는 어마어마했지만 말입니다.

(이른 아침.

급식실.

조리실무사들, 조리복을 입고 입장한다.

모두 마스크를 하고 있지만

이내 열기와 땀으로 마스크를 올리고 일한다.)

조리실무사♣	현재 시각은?
조리실무사♤	8시 30분입니다.
조리실무사♣	우리에게 남은 시간은?

조리실무사♤	3시간입니다.
조리실무사♣	오케이. 달리자.

(조리실무사들, 전투를 앞둔 듯 비장하게 고무장갑을 낀다.)

더 퀸 오브 K-푸드파이터 Geubsik Queen 레츠 고!

조리실무사들	오늘 메뉴 뭐니
	오늘 따라 뭐니
	벌써 더워 뭐니
	벌 서는 듯 뭐니
	몸을 굴려 많이
	돈을 굴려 머니
	핑크 장갑[6] 말하신다 리슨
	400인분 재료 처리 핸섭
	복날 백숙 닭 쳐
	순살 치킨 닭 쳐
	날개 다리 다 쳐
	졸면 너만 다쳐
	입은 그만 닥쳐
	점심시간 닥쳐
	하얀 장갑 말하신다 리슨
	400인분 요리 조리 핸섭

---

6 조리실무사는 자신이 맡은 업무에 따라 정해진 색의 고무장갑을 낀다.
   빨간색 고무장갑은 설거지용, 분홍색은 전처리용, 하얀색은 조리용이다.

튀김 기름 쩔어

구이 기름 쩔어

연기 폐에 쩔어

조리 흄에 쩔어

캔설 폐에 쩔어

캔슬 인생 쩔어

헤이 퀸, 웨어 이즈 마스크?

마스크만 써도 괜찮아 괜찮아. 오케이?

조리실무사들   노케이!

닥쳐 구린 입 닥쳐

닥쳐 발뺌 그만 닥쳐

다쳐 폐암에 다쳐

다쳐 산재로 다쳐

닥쳐 내 일로 닥쳐

닥쳐 두려움 닥쳐

숨이 가빠 뭐니

어질어질 뭐니

폐암 판정 뭐니

머니 벌다 뭐니

내 인생 뭐니

내 인생 뭐니

(점심시간을 알리는 학교 종소리.)

아이들이 점심을 먹고 몰려간 뒤에도 전쟁은 끝나지 않았습니다.
400명이 먹은 식판과 수저를 씻고 말리고 정리하고
400명을 먹인 거대한 밥솥, 국솥, 튀김솥 등을
씻고 말리고 정리하고…….

퀸들은 젖은 앞치마와 고무장갑을 잠시 벗고 한숨 돕니다.
기름내에 속이 메슥거려도 늦은 점심은 꿀맛입니다.

조리실무사들　　아침에 눈뜨면 일하러 나올 데 있고
　　　　　　　　반겨 주는 동료들 있고
　　　　　　　　따박따박 들어오는 월급 있고
　　　　　　　　맛있게 먹어 주는 사람들 있고. 그 맛에 살지.
　　　　　　　　일은 힘들지만
　　　　　　　　손발 맞는 동료들하고 용케 헤쳐 가.
　　　　　　　　아파도 결근하기 힘들어.
　　　　　　　　지금 인원도 모자란데 내가 빠지면
　　　　　　　　동료가 엄청 더 힘들거든.

그렇게 서로를 생각하는 마음은 적은 인원의 구멍을
간신히 메우고 있었습니다.

월선　　된장! 불판 갈기 싫어 왔더니 사람을 아주 갈아 버리네.
　　　　언냐, 장갑 벗어. 가서 얘기하자.
　　　　사람도 좀 더 뽑고 환기구도 수리하고 숨 좀 쉬자고.

정은은 아주 오랜만에 입속의 혀가 꿈틀대는 것을 느꼈습니다.
하지만

일부여론 애들 밥은 어쩌고요.

빵으로 때우는 것도 하루 이틀이지.

아이들 아닙니까. 밥은 먹이고 뭘 해도 해야지.

애들 밥 갖고 이게 무슨 경우입니까.

당신 애도 어디 쫄쫄 굶겨 봐.

더구나

아이 급식 엄마~ 나 아침도 못 먹었어요. 배고파요.

유 머스트 컴백 홈!!! ㅜㅜ

정은은 400명 아이들이 밥을 굶는 건 차마 볼 수 없었습니다.

아니, 이러다 자신이 밥을 굶게 되는 건 아닌지 두려웠습니다.

정은 해가 진다.

꽃이 진다.

허기진다.

가위는 바위에 지고

이정은은 허기에 진다.

매번 진다.

뉴스앵커 다음 소식입니다.

'죽음의 급식실'이라고 들어 보셨습니까.

수백 명의 급식을 조리하는 노동자들이

폐암으로 죽어 가고 있습니다.

튀김과 볶음 요리를 할 때 발생하는

'조리흄'이라는 물질 때문인데요.

학교 급식 노동자들의 폐암 검진 결과
10명 중 3명이 폐질환을 앓는 것으로 나타났습니다.

그중 한 명이 정은이었습니다.

10.

(여름.

정은의 집.

정은, 월선과 통화 중이다.)

월선　뭐? 나이아가라?

정은　어.

월선　그게 뭔데.

정은　폭포.

월선　폭폭?

정은　강월선이. 집중 안 해?

　　　　미국이랑 캐나다에 있는 폭포인데

　　　　나 거기 가고 싶다고. 나이아가라.

월선　니나아가라.

정은　내 버킷 리스트인데.

월선　언냐, 지난번에도 버킷 리스트라고 나한테

　　　　콜라텍 가자 그랬지?

　　　　내가, 이 강월선이가 차차차 룸바를 밟았다고.

　　　　또 지난번엔? 버킷 리스트라고

같이 얼굴 땡기자고 해서 땡겼지.

언냐 따라 야매로 해서 얼마나 고생했는데.

언냐 버킷 리스트는 내 피눈물이야. 끊어.

정은　월선아.

월선　끊는다고.

정은　월선아.

월선　하나, 둘, 셋 하고 진짜 끊는다. 하나……

정은　사랑해 월선아.

월선　둘……

정은　그래 간다고. 고마워. 넌 정말 좋은 동생이야. 셋!

　　　　 (먼저 전화 끊는다.)

월선　어우우우!

그렇게 월선은 향했습니다.

나이아가라로.

　　　　 (여름 아침.

　　　　 월선과 정은, 은수는 전철역에 내려서 한참 걸어가는 중이다.)

월선　이제 다 왔어.

정은　두 시간 걸렸거든.

월선　(정은에게) 그래도 미국까지 안 가도 되니까

　　　　 얼마나 다행이야, 그치?

정은　…….

월선　(은수에게) 그래도 날이 흐려서 안 더우니까

　　　　 얼마나 다행이야, 그치?

은수　아, 네.

월선   진짜 다 왔다. 짜잔, 여기가 바로…….

형편상 나름 최선의 '나이아가라'로 퉁치는 이곳은 바로
동양 최대라는, 서울 모처의 인공폭포.

월선   (노래) '나이야 가라. 저리야 가라.'
       내가 진짜 엄청 열심히 찾았다.

       (인공폭포 공원.
       그러나 폭포에 물이 한 방울도 떨어지지 않는다.)

정은   강월선이. 근데 왜 폭포에 물이 없어?
월선   그러게.
은수   요즘 가뭄이 심해서 단수하는 거 아닐까요.
정은   강월선이. 내가 여기까지 절벽 보러 왔어?
       나 여기서 폭포 보기 전엔 절대로 집에 안 가.
월선   나도 몰랐어. 내가 비가 오게 할 수도 없고. 어떡해.
은수   어디 관리사무소 같은 게 있을 거예요.
       제가 물어보고 올게요.

       (은수, 관리사무소를 찾으러 간다.
       정은과 월선, 나무 그늘 아래 벤치에 앉는다.)

정은   콸콸 쏟아지는 거 보면 좀 시원하겠다 싶었는데.
       내 입이 다 타네.
월선   (정은에게 생수를 건넨다.)
정은   (마스크를 살짝 들춰 물을 마신다.) 강월선이는

삐졌나 부다.

월선 아니거든.

(두 사람, 폭포를 본다.)

정은 어렸을 땐 저 폭포가 그렇게 신기했는데.
물이 어디서 저렇게 많이 쏟아질까.
어쩌면 저렇게 속사포처럼 쏟아질까.
폭포가 사람이면 폭포는 수다쟁이일 거야.
속 시원히 살 거야.
잘잘잘 다 쏟아내고 사니까.
그러고 보니 절벽이 꼭 목구멍 같고
햇빛에 빛나는 물줄기가 꼭
메롱 하는 혓바닥 같은 거라.
거대한 은빛 혀를 보는 것 같았지.
눈이 부시더라고.
내 혀도 저렇게 빛나는 말을 흘리면 좋겠다,
콸콸콸 씨원하게 말할 수 있으면 좋겠다 싶었지.
근데 이 지경이 돼서도 참 쉽지 않네.

월선 알아. 그래서 다들 모이기로 했잖아.
재숙 언니도 온대. 재숙 언니도 15년 넘게 근무했잖아.
재숙 언니뿐인가. 경희 언니, 소영 언니, 은경이…….
폐암 잠복기가 있다는데 혹시 알아.
우리 중에 누가 또 아플지.
다 같이 모여서 급식실 환경 바꾸게 법안 촉구도 하고,
기자회견도 하고, 뭣보다 언니 산재 보상 신청도 하고.

정은 너 미안해서 그러지.

월선   그래. 내가 불판만 안 집어 던졌어도,

급식일 하자고만 안 했어도.

잘 있는 언냐 꼬셔 놓고 나는 멀쩡한데 언냐만.

정은   아냐, 월선아. 나 괜찮아.

월선   …….

정은   그럴 줄 알았냐? 나 죽으면 원귀가 돼서

'버킷 리스트, 버킷 리스트' 그럴걸.

월선   그냥 날 데려가.

정은   그래서 나 따라 급식일 그만뒀냐?

월선   꼭 그것만은 아니고.

정은   정신 차려. 넌 먹여 살려야 할 자식새끼가 있다.

월선   나도 언제 발병할지 모르니까.

다들 마찬가지잖아.

우리도 일할 때 옆 학교 언니가 암에 걸렸을 때

'야 우리도 이러다 암에 걸리는 거 아냐.'

그냥 웃고 넘겼는데.

언냐 없음 나 어떡해.

정은   하긴 우린 급식계의 최정상 듀오지.

빨간 머리 앤과

월선   다이아나.

정은   코난과

월선   포비.

정은   톰과

월선   제리.

정은   뽀로로와

월선   크롱 크롱.

정은은 물 없는, 아니 말 없는 폭포를 올려다봅니다.

정은   이 싸움 시작하면 길게 가야 할 거 같은데.
사람들 앞에서 말도 하고 팔도 들고
그래야 할 거 같은데.
내가 말할 수 있을까 싶어.
근데 월선아, 말하지 않을 수 없네.
이 병든 몸을 증거로 말하지 않을 수가 없어.
작년만 해도 내가 그랬지.
"누구나 한 번은 가는 거. 나는 조금 일찍 갈 뿐이야."
그거 다 구라.
월선아, 내가 금요일마다 로또를 사.
미국에서 신약이 개발됐다는데 그 약이 비싸.
나 로또 되면 그 약 사 먹을 거다.
살고 싶어.
근데 이눔의 로또 5천 원도 한 번 안 걸리네.
나 이러고 입 다물고 있으면
지지리 고생하다 운도 없게 암에 걸렸다고 하겠지.
나 불쌍한 환자이기 싫어.
나를 돌보는 사람이고 싶어.
이 지경이 돼서 내가 못 할 게 뭐 있겠어.
살아야지. 들이박을 거야.
아등바등 고래고래 소리칠 거다.
그래, 이번에는 언니들이랑 다들 모여서
우리도 말 좀 해 보자.
월선   하늘도 무심하시지.
여기까지 왔는데 제발 비라도 내려 주시지.

폭포 쏟아지면 내가 진짜 입수한다.

(은수, 뛰어온다.)

은수   나온대요. 폭포 개장 시간이 따로 있대요. 11시.
월선   시간 다 됐잖아. 일어나 빨리.
        온다, 온다, 빨리.

(셋, 폭포 앞으로 간다.)

정은   강월선이 입수 준비해.
월선   뭐래. 어, 저기.
        온다, 온다, 온다!

(폭포가 쏟아진다.
세 사람, 오래오래 폭포를 바라본다.)

II.

은수는 봅니다.

       (시립스포츠센터 실내 수영장 앞.)

초로의 여자   저기, 잠깐만요.

수영장 앞에서 자신을 기다리던, 초로의 여자를 봅니다.

초로의 여자   최예준 어머니 되시죠?

여자의 눈에 말라붙은 눈곱을 봅니다.
여자의 뒤에 있는 한 청년을 봅니다.
아이가 숨을 거둔 날 수영장을 지키던 안전요원,
그 청년을 봅니다.

초로의 여자   어서 말씀드려 뭐 하니.

여자가 청년을 앞세우는 걸 봅니다.

청년이 무릎이 꺾이는 걸 봅니다.
덜덜 떨리는
막 물에서 건져 올린 듯
눈물을 뚝
뚝

　　　　(초로의 여자와 청년의 말은 물속에서 들리는 것처럼
　　　　웅웅거린다.)

은수는 무슨 말을 하는지 알 수가 없다는 눈으로 봅니다.
여자의 검버섯 낀 얼굴이 흘러내리는 걸 봅니다.
여자가 자신에게 손 내미는 걸 봅니다.

은수　　이러지 마.
　　　　당신 잘못 아닌 거 알아.
　　　　당신은 그냥 엄마일 뿐인 거 알아.
　　　　그렇게 미안하다면 당신은 빠져.
　　　　내가 당신 앞에서는 당신 아이를 찢어 죽일 수 없잖아.

　　　　사실은 당신도 알잖아.
　　　　다 당신 애 잘못은 아니라는 거.
　　　　성인풀에 애들 레인이 있는 거,
　　　　그 넓은 수영장에 그 붐비는 시간에
　　　　안전요원이라고는 딱 한 사람
　　　　당신 아이뿐이었다는 거,
　　　　인력 감축, 비용 절감, 효율 극대화 이런 거 말한
　　　　저 위 때문이라는 거.

그치만. 그렇다고 해도 있잖아.
그날 조금만 당신 애가 더 주의를 기울였다면
어쩌면 그런 일은 없었을지도 몰라.
그것도 사실이잖아.

그만.
이 여자야, 일어나.
이건 당신 아이 일이야.

뭐라는 거야. 당신이 아이를 잘 못 키웠다고?
제대로 못 돌봤다고?

제발 이러지 마.
당신은 아무것도 몰라.
제대로 못 돌본 건…….

내 손 잡지 마.
이 손 안 보여?

은수는 자신의 손을 봅니다.
손가락 사이 축축한 물갈퀴를 봅니다.
손가락 끝 끈적이는 빨판을 봅니다.

철벅
철벅
철벅

은수는 탈의실로 뛰어가 옷을 벗고 거울을 봅니다.

자신의 배를 봅니다.

아이를 꺼냈던 칼자국을 봅니다.

새빨갛게 자지러지며 검은 반점이 돋는 것을 봅니다.

한 마리 무당개구리가 울고 있는 것을 봅니다.

    (무당개구리 울음소리, 울려 퍼진다.)

12.

조금 이른 가을 아침, 은수는 월선의 전화를 받습니다.

월선   (은수와 통화 중이다.) 은수 씨,
　　　　언냐가 은수 씨 공부한다고 연락하지 말랬는데.
　　　　언냐가 많이 안 좋아.
　　　　밤에는 옆에 누가 있어야 할 거 같아.
　　　　언냐 산재 신청은 했는데 아직 연락도 없고.
　　　　간병인 쓸 형편도 아니고.
　　　　내가 계속 있으면 좋은데 나도 밥 벌어먹고 살려니.
　　　　저기, 괜찮으면 혹시 한번 와 줄 수 있을까?

그러고 보니 은수는 몇 주 전 밤이 생각났습니다.
늦은 밤에는 좀체 전화하지 않는 정은이었는데
전화가 왔습니다.
은수가 받지 못하자 문자가 왔습니다.

정은   은수 샘~☺ 요즘 연락이 안 돼서~ 무슨 일 있는 건 아
　　　　니지~~ㅆ☹

은수	네, 별일 없어요. 그냥 자격증 공부 좀 하느라.
정은	잘한다! 잘한다! 무슨 자격증? 합격 가즈아!!!
은수	별일 없으시죠?
정은	나야 늘 똑같징. ㅎㅎ 그럼 열공해~~ 으쌰으쌰~~

정은은 전이가 많이 됐지만 항암을 계속했습니다.
수술은 불가능했고
백혈구 수치가 떨어져서 항암 주사를 못 맞는 날도 있었지만
매번 캐리어를 끌고 병원으로 향했습니다.

이번에도 정은은 혼자 캐리어를 끌고 병원에 갔지만
항암 주사를 맞지 못했습니다.

| 의사 | 환자 분, 가족 분을 좀 만났으면 좋겠는데요. |
| | 언제 오실 수 있을까요? |

정은은 바로 입원을 해야 했습니다.
그날이 은수에게 전화했던 그날 밤이었습니다.

(병원 간호간병병동 출입문 앞.
월선과 은수, 교대를 위해 보호자출입증을 주고받는다.)

월선	언냐 자. 밤새 아파서 한숨도 못 잤어.
은수	처치실에 있었다면서요.
월선	아프다고 소리치고 시끄러우니까 다른 환자들도 있고
	간호사들이 처치실로 옮기더라고.
은수	거긴 물품 창고잖아요.

월선   그렇다고 1인실을 갈 수도 없고.

이젠 진정돼서 병실로 다시 왔어.

저기, 은수 씨한테 부담 주려고 하는 말은 아닌데.

언냐가 가족이 없잖아.

이때까지 지 혼자 악착같이 해 왔는데

병원에서 가족을 찾아오래.

이게 무슨 뜻이겠어.

가족이 없다고 내가 의사를 만났어.

의사 말이 복수가 계속 차는 것도 그렇고

여러 가지로…….

이제 자기들이 할 수 있는 건 오줌 안 나오면

오줌줄 꽂고,

복수 차면 복수 빼고, 가래 끓으면 석션 하고,

아프다 하면 모르핀 주고 그런 거래.

연명 치료에 대해서 자꾸 묻는데

내가 뭘 어떻게 할 수 있겠어.

언냐가 직접 결정할 수밖에 없는데

말을 못 하겠어.

은수 씨, 미안해.

은수는 월선을 보냈습니다.

보호자 출입증을 목에 걸고 병실로 갔습니다.

정은의 앙상한 손을 잡았습니다.

은수   우리는 어쩌자고 이렇게 아프고서야 알까.

우리는 약해 빠졌다는 걸.

어쩌자고 이 지경이 돼서야 아는 걸까.

콧줄을 낀 정은의 입이 들썩였습니다.
은수는 얼른 마스크를 올려 주었습니다.

정은   (눈을 뜨고) 택도 없어라. 어딜 보려고.

은수   아깝네. 진짜 혀가 은인가 보려고 했더니.

정은   월선이는 왜 연락해 가지고. 공부하는 애를.

은수   숨 차는데 우리 이제 말 좀 짧게 해요.
        샘 이런 거 빼고 그냥 '은'이라고 불러요.
        나는 은수니까 은,
        샘은 정은이니까 은.
        친구 하자고. 아니면 그냥 그거 하자.
        아프면 들다보는 관계.

정은   됐어. 얼굴 봤으니까 이제 가. 간병인 부를 거야.

은수   간병비는 어쩌고요.

정은   산재 신청했으니까 곧 연락 오겠지.

은수는 뭐라고 말을 이어야 할지 몰랐습니다.

은수   맞아. 곧 연락 올 거야.

아냐, 은에겐 시간이 없어.

은수   기다려 봐.

아냐, 기다리는 건 힘들어.

은수   시작은 했잖아.

아냐, 시작만 하려고 시작한 게 아니잖아.

은수   파이팅?

아냐, 벌써 싸우고 있는 사람한테 뭘 더 얼마나 싸우라고.

　　　　(은수, 가방을 보여 준다.)

은수   나 집 나왔거든. 나 좀 재워 줘야겠네.
정은   내가 폐를 끼치네. 미안해요.
은수   그래, 그러자.
정은   ?
은수   '미안, 해요'라며?
　　　　　우리 축구해요, 야구해요, 미안해요…….
　　　　　렛츠 미안.
　　　　　우리 그냥 서로 미안하자고.

　　　　(병원 환자식 운반차 오는 소리.
　　　　병원 구내식당 조리원 재범,
　　　　운반차에서 환자 식사를 갖고 들어온다.)

재범   식사 왔습니다.
　　　　　(정은에게) 선배님, 오늘 보호자가 바뀌었네요.
은수   안녕하세요.
정은   재범 샘이라고. 급식 인생 후배라고나 할까.
재범   선배님, 오늘은 죽 좀 드세요.
　　　　　저희가 신경 써서 푸욱 끓였어요.

정은	불 옆에서 힘들 텐데.
재범	여긴 그래도 환자식이라 튀기고 볶는 거 덜해요.
	사실 저도 좀 신경 쓰이거든요.
	저 선배님 뉴스에서 봤어요.
	"내가 안전해야 안전하게 돌볼 수 있잖아요."
	제 귀에 쏙 박혀 버렸어요.
정은	내가 안 해서 그렇지. 입 좀 털거든.
재범	(작게) 여기 참기름 좀 가져왔어요.
	안 넘어가면 꼬숩게 해서 드세요.
	천천히 많이 드시고 저희 내일 또 봬요.
정은	고마워. 내일 봐.

(재범, 다른 환자 식사를 가지러 나간다.
은수, 침대 테이블을 올리고 환자식을 차린다.
정은, 누우려고 한다.)

은수	한술 떠야 약 먹지.
정은	좀 있다.
은수	따뜻할 때 먹어야 하는데.
정은	좀 있다.
은수	좀 있으면 또 저녁 나올 텐데.
정은	좀 있다.
은수	한 숟가락 해라 마.
정은	따라 할 걸 따라 해라 마.
은수	이거 월선 언니가 갖다주라던데.
	(청양고추 통을 건넨다.)
정은	매운맛이라도 느껴야 넘기지. 아무 맛도 못 느끼겠어.

나 혼자 다 못 먹으니까 같이 한술 떠.

은수   안 볼 테니까 마스크 벗고 천천히 다 드세요.

누가 입 속 보면 안 된다며.

은의 혀라서.

(은수, 자리를 피해 준다.)

정은   (땡초를 넣어 먹어 본다.) 월선이가 제일 매운

땡초랬는데 이제 이것도 아무 맛 안 느껴지네.

은수   세상에서 제일 매운 땡초를 먹어야겠네.

'페퍼X'라고 있는데 기네스북에 올랐대. 불닭면 600배.

정은   600배? 오매, 잡것.

은수   페퍼X 넣었다 치고 한 술만 더 뜨기.

정은   고거 지옥의 맛이겠지?

은수   덜덜 떨면서 고통에 신음하고 몸부림친다는데.

정은   그건 지금 나랑 똑같은데.

그럼 나가 지금 페퍼X 뿌셔 붙는 중인가.

은수   파이터처럼.

정은   빠이터? 그거 마음에 드네.

(한 술 더 뜨려다가 내려놓는다.) 아무래도 누워야겠어.

병원의 밤은 일찍 찾아옵니다.

4인실의 밤.

네 개의 침대는 난파된 배처럼 어둠 속에 기울어집니다.

침대마다 딸린 구명정, 아니 보호자 침대엔

가족이

간병인이

아주 드물게는 장례식에서 처음 만난 이가 누워 있습니다.

밤새 신경을 긁는 그렁대는 가래 소리, 발작 같은 기침,
식식대는 숨소리, 알 수 없는 중얼거림, 외마디 신음…….

모두 공평하게 민폐를 끼치고 있어서
누가 누구를 탓할 것 없이 서로가 서로를 지키는 밤.

다만 견딜 수 없는 건
누군가 베개로 입을 막고 숨죽여 흐느끼는 울음소리.

다만 할 수 있는 건
누군가 계속 울 수 있게
가려움을 참고 잠든 척하는 것.

（은수, 보호자침대에 누워 있다가 문득.）

은수　그 봄밤에 나한테 해 준 얘기 기억나?
정은　?
은수　외증조할머니, 외할머니, 엄마 얘기.
　　　그리고 다들 어떻게 되셨어?
정은　혀가 까매져서 돌아가셨다고 하지 않았나.
은수　아냐.
　　　고종은 죽었지만 외증조할머니는 뜨거운 식혜에
　　　혀가 데서 병결 냈다고 했잖아.
　　　독이 든 식혜 안 먹었어.
　　　외할머니도 독이 든 밥은 뱉었고,

구덩이에 묻혔지만 죽었다곤 할 수 없지.

엄마도 막잔 뱉고 꼬꾸라졌지 죽었다곤 안 했어.

다들 안 죽고 살아남은 거야.

그러니까 은이 태어났지.

정은   그럴까.

은수   그럼. 외증조할머니는 있잖아…….

은수는 정은이 들려준 이야기들의 다음을 이어 갑니다.

외증조할머니   은아, 이 증조할미는 말이여.

                    궐을 나온 뒤로 산천을 누비고 살았다 이 말이여.

                    아우내 장터에 가서 유관순이하고

                    대한 독립 만세도 부르고…….

외할머니   은아, 할매는 말이다.

                    산만대이 구디 묻히도 기나왔다 아이가.

                    니〈킬 빌〉영화 봤나.

                    거 보면 노란 츄리닝 입은 가시나 나오제.

                    그 가시나가 무덤에 묻혔다가

                    살아 나온다 아이가.

                    그기 바로 내 얘기야. 내 얘기.

엄마   은아, 이 엄마는 말시.

                    비록 느를 낳고 일찍 죽긴 했지만서두

                    안가에서 개죽음 당하지는 않았으.

                    이 혀로 '멀리 기적이 우네~' 노래 땡겨 불고.

외할머니   씨불씨불 지껄이고.

외증조할머니   생고추 팍팍 겉절이 무치고 밥해 먹고

                    살았단 이 말이여.

혀가 꺼매졌다고 기죽일 말여.
'내 혀는 독에도 끄떡없는 혀여' 하고
메롱롱 하란 말이여.

짧은 휴식이 끝나고 통증은 이내 도착했습니다.
은수는 간호사를 부르고 간호사는 의사에게 연락했습니다.
거듭 거듭 진통 처방을 늘려 가야 했습니다.

정은   집에 가자.

은수   …….

정은   집에 가자.
       (침상의 가드를 붙잡고 몸을 일으키려고 한다.)
       이것 좀 내리란 말이야.

은수   알았어. 알았으니까.

정은   왜 날 환자 취급 하냐고.

은수   (정은의 등을 쓸어내리며) 내가 잘못했어. 쉬이.

정은   집에 가고 싶어요.

은수   집에 가면 더 아플 거야.
       무통 주사도 못 맞고 모르핀도 못 맞고.
       난 짐작도 못 할 만큼 아플 거야.

정은   괜찮아. 밖에선 아플 수가 없어.
       퇴근하고 집에 가야 아플 수 있어.
       집에 가면 아플 수 있어.
       집에 가서 아플 거야.
       집에 가자, 제발.

정은은 다시 잠이 들고

은수는 오래오래 정은을 바라보았습니다.

은수   내가 두려운 거야.
아프다고 하는데 못 알아들을까 봐.
아픈데 아픈 것도 모를까 봐.
간호사도 없고 나와 당신 사이에 아무도 없고
당신이 나한테 온전히 기댈 때
내 밑천, 내 바닥이 보일까 봐.
들킬까 봐.

은, 이렇게 당신을 보니까 알 것 같아.
나는 참 많이 약하다는 걸.

있잖아.
나 이게 맞는지 모르겠고
내가 이래도 되는지도 모르겠고
아무것도 모르겠지만…….

그래, 가자.
집에 가자.
집에 가는 게 이렇게나 힘들 일인가.

정은이 집으로 가겠다고 했을 때
우려는 했지만 강하게 말리는 사람은 없었습니다.
누구도 책임지고 싶어 하지 않았으므로
온전히 정은의 책임일 수 있었습니다.

정은은 차분하게 자의퇴원서에 사인했습니다.

심폐 소생은 거부하겠다고 사인했습니다.

반백년 넘게 달려온 자기 심장을 존중하겠다고.

13.

구급차를 타고 집에 다 와 갈 때쯤,
정은은 운전기사에게 근처 파출소에 잠시 들러 달라고 했습니다.

정은 (침상에 누워 파출소 순경에게) 경찰 아저씨, 제가요.
폐암 말기인데요.
병원에서 퇴원해서 집에 가거든요. 그래서 말인데
사람이 집에서 죽으면 경찰이 와서 조사한다고 하던데.
저 절대 타살 아니에요.
제 친구가 살인 의혹 이런 거 받으면 제가 정말
미안하거든요.

정은의 오지랖은 정말.

정은의 집은 넓진 않았지만 햇볕이 잘 들었습니다.
정은이 좋아하는 책받침 가수들이 벽에서 웃으며
기다리고 있었습니다.
정은은 카세트를 틀고
거실 한쪽에 깔린 이불 속으로 들어갔습니다.

(카세트에서 정은이 좋아하는 노래가 흘러나온다.)

정은　　좋다. (노래를 듣다가) 여기. 여기 말이야.
　　　　'랍따띠리빠바밥[7]' 무슨 암호 같지 않아.

은수　　정말.

정은　　내가 만약에 랍따띠리빠바밥 하면 안녕, 인사하는 거야.

은수　　그냥 안녕, 하면 될 걸. 굳이.

정은　　아무도 몰래 인사해야 될 때가 있잖아.

은수　　이제 좀 주무시지.
　　　　내일 해 뜨면 눈도 뜨고 밥도 뜨자구요.

(정은, 잠자리를 잡고 좋아하는 쿠션을 안고 눈을 감는다.)

정은　　이야기해 줘. 이제 잘 거니까.

은수　　무슨 이야기?

정은　　나한테 이야기할 때도 됐잖아.

은수　　뭘 말이야.

정은　　나 가면 누구한테 말할래.

은수　　…….

정은　　그날 이야기 말이야.
　　　　예준이 이야기.

은수는 생각합니다.

은수　　내가 잘못 들은 건가.
　　　　아니야. 또 묻잖아.

7　더 클래식의 〈여우야〉

그날에 대해서
예준이에 대해서.

그래, 사실은……
기다렸어.
누구라도 내게 물어봐 주기를.

내 얼굴이 지져지기라도 한 듯
내 얼굴을 보면 돌덩이가 되는 사람들.

누구라도 내게 물어 주기를 바랐어.
그날에 대해서
예준이에 대해서.

그러면 나는 말할 수 있었을 텐데.
누군가 물어 준다면
누군가 들어 준다는 거니까.

그런데 은,
내가 정말 당신에게 말할 수 있을까.
이 이야기를.

오래전 내 입 속에 가둔
이 이야기를.

14.

옛날 옛날 어느 마을에
엄마 청개구리와 꼬마 청개구리가 살았습니다.

꼬마 청개구리는 엄마 말을 안 듣고 뭐든지
반대로만 했습니다.

옷 입자고 하면 벗고
옷 벗자고 하면 입고

가자고 하면 앉고
앉자고 하면 가고

개골개골 울라고 하면
골개골개 울었습니다.

어떨 때는

몇 시간

내내

골개골개골개골개골개골개골개골개골개골개골개골개골개골개
골개골개골개골개골개골개골개골개골개골개골개골개골개골개
골개골개골개골개골개골개골개골개골개골개골개골개골개골개
골개골개골개골개골개골개골개골개골개골개골개골개골개골개
골개골개골개골개골개골개골개골개골개골개골개골개골개골개
골개골개골개골개골개골개골개골개골개골개골개골개골개골개
골개골개골개골개골개골개골개골개골개골개골개골개골개골개
골개골개골개골개골개골개골개골개골개골개골개골개골개골개
골개골개골개골개골개골개골개골개골개골개골개골개골개골개
골개골개골개골개골개골개골개골개골개골개골개골개골개골개
골개골개골개골개골개골개골개골개골개골개골개골개골개골개
골개골개골개골개골개골개골개골개골개골개골개골개골개골개
골개골개골개골개골개골개골개골개골개골개골개골개골개골개
골개골개골개골개골개골개골개골개골개골개골개골개골개골개
골개골개골개골개골개골개골개골개골개골개골개골개골개골개
골개골개골개골개골개골개골개골개골개골개골개골개골개골개
골개골개골개골개골개골개골개골개골개골개골개골개골개골개
골개골개골개골개골개골개골개골개골개골개골개골개골개골개
골개골개골개골개골개골개골개골개골개골개골개골개골개골개
골개골개골개골개골개골개골개골개골개골개골개골개골개골개
골개골개골개골개골개골개골개골개골개골개골개골개골개골개
골개골개골개골개골개골개골개골개골개골개골개골개골개골개
골개골개골개골개골개골개골개골개골개골개골개골개골개골개
골개골개골개골개골개골개골개골개골개골개골개골개골개골개
골개골개골개골개골개골개골개골개골개골개골개골개골개골개
골개골개골개골개골개골개골개골개골개골개골개골개골개골개
골개골개골개골개골개골개골개골개골개골개골개골개골개골개

골개골개골개골개골개골개골개골개골개골개골개골개
골개골개골개골개골개골개골개골개골개골개골개골개
골개골개골개골개골개골개골개골개골개골개골개골개
골개골개골개골개골개골개골개골개골개골개골개골개
골개골개골개골개골개골개골개골개골개골개골개골개
골개골개골개골개골개골개골개골개골개골개골개골개
골개골개골개골개골개골개골개골개골개골개골개골개
골개골개골개골개골개골개골개골개골개골개골개골개
골개골개골개골개골개골개골개골개골개골개골개골개
골개골개골개골개골개골개골개골개골개골개골개골개
골개골개골개골개골개골개골개골개골개골개골개골개
골개골개골개골개골개골개골개골개골개골개골개골개
골개골개골개골개골개골개골개골개골개골개골개골개
골개골개골개골개골개골개골개골개골개골개골개골개
골개골개골개골개골개골개골개골개골개골개골개골개
골개골개골개골개골개골개골개골개골개골개골개골개
골개골개골개골개골개골개골개골개골개골개골개골개
골개골개골개골개골개골개골개골개골개골개골개골개
골개골개골개골개골개골개골개골개골개골개골개골개
골개골개골개골개골개골개골개골개골개골개골개골개
골개골개골개골개골개골개골개골개골개골개골개골개
골개골개골개골개골개골개골개골개골개골개골개골개
골개골개골개골개골개골개골개골개골개골개골개골개
골개골개골개골개골개골개골개골개골개골개골개골개
골개골개골개골개골개골개골개골개골개골개골개골개
골개골개골개골개골개골개골개골개골개골개골개골개
골개골개골개골개골개골개골개골개골개골개골개골개

엄마 청개구리는 타일러도 보고 혼내도 봤지만
소용없었습니다.
엄마 청개구리는 귀마개로 귀를 꽉 틀어막았습니다.
꼬마 청개구리는 골개골개골개
아무도 듣지 못하는 울음을 울었습니다.

엄마 청개구리는 온몸이 타들어 가는 것 같았습니다.
연못에서 헤엄치며 몸을 적시곤 했습니다.

꼬마 청개구리는 연못까지 따라왔습니다.
엄마 청개구리는 귀마개로 귀를 틀어막았습니다.
꼬마 청개구리가 엄마를 찾는 울음소리를 안 들으려고.
다른 청개구리들은 귀에 물이 안 들어가게 하려고
귀마개를 끼는 줄 알았습니다

어느 날, 연못에 온 엄마 청개구리는
귀마개가 없어졌다는 것을 알았습니다.
엄마 청개구리는 꼬마 청개구리의 짓이라고 생각했습니다.

엄마 청개구리는 꼬마 청개구리에게 말했습니다.
귀마개를 찾아올 때까지 절대 엄마 옆에 오지 말라고.
귀마개를 찾아오면 그때 엄마 옆에 올 수 있다고.

하지만 꼬마 청개구리가 말을 들을 리 없잖아요.
엄마가 멀리 떼어 놓으려고 하면 할수록 더욱 들러붙었습니다.
꼬마 청개구리는 꼬마들이 헤엄치는 얕은 연못에서 나와서
엄마가 헤엄치는 깊은 연못으로 갔습니다.

아직은 발이 닿지 않는 깊은 연못

꼬마 청개구리는 빠지고 말았습니다.

개골개골

개골

개

골

개

고

개

ㄱ

개

ㄱ

ㄱ

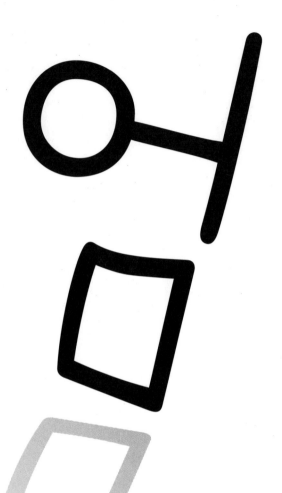

아!

엄마 청개구리는 못 들은 척 헤엄만 쳤습니다.

꼬마 청개구리가 보란 듯이 또 장난을 친다고 생각했습니다.

그렇게 꼬마 청개구리가 연못 위에 떠올랐습니다.

숨이 막혀 새까맣게

한 손에는 자신의 귀마개를 꼭 쥐고.

자신의 귀마개를 엄마 청개구리에게 주려고.

그렇게 해서라도 엄마 청개구리에게 가려고.

엄마 청개구리는 꼬마 청개구리를 산이 아니라

연못에 묻었습니다.

그게 꼬마 청개구리의 방식이니까요.

그리고 날마다 연못에 가서

굴개굴개굴개굴개

울었습니다.

뒤늦게 탈의실에서 찾은 귀마개를 귀에 꽂고.

은수   은.

내가 이 모든 이야기를 당신한테 할 수 있을까.

지금 당신은 눈을 감고 내 이야기를 기다리고 있어.
작정한 듯이
오늘은 절대 물러서지 않겠다는 듯이
이 이야기를 들어야만 잠들 수 있겠다는 듯이.

은.
밤이면 나를 찾아오는 아이
문틈에서 골개골개 나를 부르는 아이
문을 열어 달라고 손톱으로 긁어대는 아이
그 아이 이름은 최예준.
내 아이였어.

(카세트테이프가 다 돌아간 듯 털컥, 하고 멈춘다.)

15.

정은은 의식이 돌아오지 않았습니다.
정은은 집으로 돌아오기 위해 마지막 안간힘을 썼던 걸까요.

정은은 병원의 환자가 아닌
자기 집의 주인으로 마지막을 맞고 싶어 했습니다.
그것은 가장 극심한 고통을 선택하는 것이었습니다.

은수는 진통제 알약을 입으로 씹었습니다.
미음처럼 묽게 개어서 정은의 입에 흘려 넣었습니다.

그때 은수는 얼핏 보았던 것 같습니다.

마스크를 벗긴 정은의 입 속,

그을린 듯 검게 변한 혀가 들썩이는 것 같았습니다.

(심장 소리, 점점 느려진다.)

정은   은!

이 소리 들려?

내 심장 소리 들려?

리듬에 맞춰 오른발 왼발 오른발 왼발.

좀 느리긴 하지만 뛰고 있는데.

봐 봐.

나 끝까지 간다.

오른발 왼발 오른발 왼발 오른발 왼발 오른발 왼발

오른발 왼발…….

그렇게 은수는 정은의 심장이

천천히

끝까지

깨금발 뛰는 것을 들었습니다.

16.

(공사 중인 시립스포츠센터 실내 수영장.)

은수는 수영장으로 갔습니다.
3레인은 사라지고 없었습니다.
정확하게 말하면 레인은 있었는데 3레인은 없었습니다.
이제 3레인을 없애고 'C레인'으로 이름을 바꾼다고 했습니다.

3레인은 물에 빠져 죽은 아이를 생각나게 하고
잊을 만하면 그 엄마가 와서 헤엄을 치고
사람들을 두렵게 한다고.

은수는 관리자들이 순시하고 있는 공사 현장으로 달려갔습니다.

은수   아이가 죽은 데를 기억하는 게 왜 두려워.
       3레인 지우지 마.
       내 아이가 마지막으로 헤엄치던 데야.
       3레인 지우지 마.
       우리를 지우지 마, 이 새끼들아.

철
벅!

은수는 공사장에 있던 새빨간 페인트를

자신의 온몸에

쏟아부었습니다.

17.

(장례식장.

부고 게시판에 다음과 같은 안내가 뜬다.)

(訃告) 세한대학병원 장례식장에서는 고인의 명복을 빕니다.

303호
故   이정은(53세)
상주   (   )

유언대로 정은의 장례식에는 세 가지가 없었습니다.

상주가 없었고
그러므로 모두 상주일 수밖에 없었고

곡(哭)소리가 없었고
곡(曲)은 있었고

(월선, 영정 앞에 있는 카세트의 플레이 버튼을 누른다.

노래가 나온다.)

그리고 더 이상 심심한 육개장은 없었고
야릇하게 새빨간 육개장이 있었습니다.

(월선, 어느 조문객 앞에 육개장을 내려놓다가 얼굴을 알아본다.)

월선　어, 배 간호사님. 어떻게 알고 여기까지.

준철　퇴원하실 때 곧 찾아뵙겠다고 했는데……

월선　와 주셔서 정말 감사해요.

준철　제가 환자들한테 짜증을 진짜 많이 냈거든요.

그러려고 간호사가 된 게 아닌데 일은 많고…….

하루는 정은 님이 그러는 거예요.

그러다 사람 엔꼬 난다고.

엔꼬? 피식 웃는데 '나 진짜 엔꼬 나겠다' 싶더라고요.

건초염이 심해서 병가 낸다고 하니까

재해 신고 하라고 난리 난리.

월선　네. 울 언냐가 오지랖이……

준철　오대양 육대륙이죠.

월선　(준철에게 육개장을 민다.) 고인을 생각해서 어서

뜨거울 때 드세요.

참, 절 탓하지는 마시구요.

(준철, 육개장을 한 술 먹는다.

준철, 오만상을 찡그리고 배를 잡고 데굴데굴 구른다.)

정은은 맵부심의 퀸.

세상 가장 맵고 얼얼한 페퍼X 육개장을 끓이라고 유언했습니다.

(어느 중학생, 육개장을 한 입 먹더니 베트남어로 욕을 한다.)

월선 이게 누구야. 트란 아니야.

트란 안녕하세요, 급식 선생님.

월선 나 이제 급식 선생님 아니고 장례식 선생님.

  어떻게 알고 와 줬네.

트란 정은 선생님 반쎄오 맛있었는데.

월선 그래, 기억하는구나. 고마워.

  정은 선생님이 널 보면 엄청 반가워하며 이럴 거야.

  "트란, 널 위해 준비했어. 한 뚝배기 해라 마."

(트란, 비장하게 다시 숟가락을 들고 육개장을 뜬다.)

(장례식장 입관실.)

장례식 둘째 날.

입관실.

백 석이오.

천 석이오.

만 석이오.

은수는 한 숟갈, 두 숟갈, 세 숟갈, 정은의 입에 쌀을 넣어 줍니다.[8]

---

8 반함(飯含)

은수   은, 한술 떠.

그동안 다른 사람 끼니 챙기느라 고생했어.

맛있게 먹어.

은수는 정은의 입에 마스크를 씌워 줍니다.

립스틱을 꺼내

마스크에

새빨간 혀를 그려 줍니다.

은수   랍따띠리빠바밥.

정은   랍따띠리빠바밥.

마스크 너머에서 정은이 노래하는 듯합니다.

___

18

은수는 C 레인에 섭니다.
C 레인에 뛰어듭니다.

저 높은 위를 향해
배를 까뒤집고 노를 젓든
물살을 헤쳐 갑니다.

꼬마 청개구리 한 마리가
은수의 옆을 지나쳐 앞서 갑니다.

은수는 빨간 페인트에 엉망진창인 채로

앞으로
앞으로
헤엄쳐 갑니다.

은수   은수가 헤엄치는 한 그곳은
          3 레인입니다.

19.

(이대로 끝난 건가 싶을 때쯤 무대 다시 밝아 온다.

저 멀리 시끌벅적한 문상객들 틈에 앉아 있는
누군가의 뒷모습이 보인다.

은수다.

장례식장 가장 구석진 자리가 자신의 자리인 듯
또다시 누군가의 장례식장이다.

은수, 밥공기 밑바닥을 툭툭 친다.
밥을 국에 만다.
푹푹 말아서 크게 한입 먹는다.
뜨겁고 매운지 후후거리며 한입 또 한입 먹는다.

그런 그녀의 뒷모습 위로 목소리 흐른다.)

그녀는 퀸이었어[9]
그녀는 집이 있었고
그녀는 빠이터였어
그녀는 퀸이었어

그녀는 퀸이었어
하얀 장갑을 낀

참 우아한 여자였어
조용한 타입은 아니었지만

어느 날 그녀는 세상을 떠났어
싸우던 중에 죽었지
왜냐하면 그녀는 빠이터니까

그녀는 퀸이었어
그녀는 퀸이었어
그녀는 퀸이었어.

(무대 어두워진다.)

막

---

9   크루앙빈의 〈White Gloves〉

'동사 찾기'라는
아득한 주문에 응하여

—전영지(드라마터그)

'동사 찾기'라는 아득한 주문에 응하여

전영지(드라마터그)

　　공연을 보고 작품에 반해 이 희곡선을 잡아 들었든 공연을 놓쳐 아쉬움에 이 희곡선을 찾아 들었든, 당신은 희곡을 읽는 내내 무대를 마음에 떠올렸을 것이다. 무대에 선 배우를 상상하며 그 배우가 희곡을 만나 자신이 연기할 배역을 빚어 온 과정을, 극작가가 배우가 발화할 대사와 체현할 무대 지시문을 언어 안에 담아 내려간 과정을 추측하며 당신은 희곡을 읽었을 것이다. 그러니까 희곡을 읽는 독자는 작품이 만들어진 시간을 역순으로 풀어 보는 셈이다. 어떤 시간들을 통과하여 '이런 모양의 세계를 살아가는 이런 모습의 인물들'이 나를 찾아오게 되었는지를 상상하는 일. 희곡 읽기는 그런 것이 아닐까. 당신의 그런 시간을 품고, 이 글은 무대에 선 배우에 대한 이야기부터 시작해 볼까 한다.

　　최종적으로 구현된 연기(演技)를 분해하여 이를 이루었던 부품 하나하나를 확인한 후 그것들이 조립된 과정을 투명하게 확인할 수는 없을 것이다. 연기를 수행한 배우조차 자신이 어떤 과정을 거쳐 그 자리에 당도했는지를 완벽하게 복기하는 데는 실패하곤 한다. 아무리 그럴듯해 보이는 설명도 도무지 충분하지 않은 것만 같다. 허나 경험을 언어화하는 것이 일정 부분 실패를 노정하고 있다고 하더라도 그 과정 자체가 무의미한 것은 아니다. 기실 연기 예술이 막연하고 신비로운 행위로서

교육할 수도, 훈련할 수 없는 것인 양 여겨지는 것을 진지하게 염려했던 연기 교육자들은 배우가 어떻게 자신을 훈련하고 역할을 창조하여 관객과 만나야 하는지를 성실하게 이론화해 왔다. 그리고 인물의 '행동 찾기'는 배우의 작업 리스트에서 좀처럼 생략되지 않는 항목이었다.

20세기의 위대한 연극 예술가를 꼽으라면 결코 누락되지 않을 인물, 콘스탄틴 스타니슬랍스키가 바로 연기를 '법칙과 근거에 기대어 창조하는 예술'로 체계화하고자 노력한 대표적인 인물이다. 그는 가상의 연극 수업을 배경으로 한 '교육용 소설' 『체험의 창조적 과정에서 자신에 대한 배우의 작업』(1938)에서 연극 교사의 목소리를 빌려 다음과 같이 말한다.

무대에서는 행동해야 합니다. 행동, 능동성—이것이 드라마 예술이며 배우예술입니다. '드라마'라는 고대 그리스어 자체가 '행동하다'라는 의미입니다. 라틴어에서는 '악티오(actio)'에 해당되는데, 이 단어가 '막(act)'의 어원이기도 합니다. 그리고 이 단어로부터 '능동성', '배우', '막'이 생긴 것입니다. 그리하여 무대 위의 드라마는 우리 눈앞의 행동으로 나타나야 하고, 배우는 행동하는 자가 되어야 합니다.[1]

실제로 대다수의 연기 이론서는 배우에게 희곡을 분석하는 과정에서 '행동 동사'를 찾으라고 말한다. 배우의 연기란 "대사를 운동으로 구현해 허구의 역할을 실제처럼 생동하게 만드는 행위"이므로 "대사를 행동으로 정확하게 규정"해야 하며 이를 위해 "그에 합당한 언어(동사)를 찾아"야 한다는 것이다.[2] 배

---

1 콘스탄틴 스타니슬랍스키, 이진아 옮김, 『체험의 창조적 과정에서 자신에 대한 배우의 작업』, 지만지드라마, 2019, 26~27쪽.

2 안재범, 『연기하는 배우의 분석』, 연극과인간, 2020, 99~101쪽.

우는 이렇게 '행동(act)하는 존재(actor)'로 호명되어 왔으며, 희곡 또한 배우의 몸을 입는 것을 전제로 쓰이는 텍스트로서 그 자체로 "한 편의 일련의 행동의 집합체"라고 설명되곤 했다.[3]

이토록 전통적인 설명이 여전히 유효하냐는 반론은 쉬이 예상된다. 연기에 대한, 희곡에 대한 위와 같은 접근은 동시대 연극의 다채로움을 담아내지 못할 뿐만 아니라 확장적 움직임을 가로막는 진부한 규정이 아니냐는 비판 또한 예견된다. 그러나 이는 너무도 피상적인 독해다. 배우에게 희곡의 표면적 언어 속에서 그 언어가 전달하는 건조한 정보에는 노출되어 있지 않은 등장인물의 숨은 의도를 '동사'의 형태로 찾으라는 주문은 하나의 정답을 찾아 그것이 되는 것에서 멈추는 것(being)이 아니라 끊임없는 운동 상태에 들어서야 한다(becoming)는 요청이기 때문이다. '동사'화된 배역의 신체적·심리적 목표를 공유하고 그것을 행하는 과정에서 배우는 끊임없이 생동하게 되는 것이다. 어떤 하나의 고정된 실체가 되는 것에서 멈출 수 없다는, 영원토록 짓고 허무는 과정 속에 들어서야 한다는 아득한 주문. 이것이 바로 연기 이론에서 말하는 '동사 찾기'다.

위와 같은 '동사 찾기'의 의미를 생각하면, 명사의 나열 속에서 동사를 축출하거나 명사를 동사로 전환하려는 시도가 무대 밖, 극장 밖에서도 빈번하게 목격되는 것은 그리 놀라운 일이 아닐 것이다. 철학자 김영민은 '사랑'을 예로 들어 동사적이고 관계적인 사고에 반하는 명사적이고 실체적인 사고의 위태로움을 진단한다. "사랑은 그 본질에 있어 행위이며, '~을 사랑한다'라는 타동사적 구조 속에서만 스스로의 생존과 그 의의를 도모"할 수 있음에도 불구하고 마치 "무슨 숨어 있는 본질인 듯 이해함으로써 그 표현과 분리하려는 매우 위험한 관습이 생겨

3　데이비드 볼, 김석만 옮김, 『통쾌한 희곡의 분석』, 연극과인간, 2007, 21쪽.

났다"는 것이다. '활동하지 않는 사랑은 존재한다고 말할 수 없다!'는 그의 일갈은 '명사적 사고의 폐해'를 일깨운다.[4] 동사로서 생동해야 마땅한 것이 운동성과 관계성을 잃고 쉽게 파악·조작 가능한 대상, 또는 상품으로 전락해 온 인류 역사의 대목들을 환기하는 것이다.[5] 그러나 명사는 결국 인류의 발명품일 뿐이다. 제아무리 집요하게 인류사를 지속적으로 지배해 왔다 하더라도 인간이 다시금 동사로 돌이킬 수 있는 인간의 산물일 뿐.

이처럼 '명사에서 동사로의 전환'을 촉구하는 목소리는 인류의 역사를 반성하는 맥락에 놓여 있다. 고정된 실체라고 간주했던 것들을 풀어 실천과 시연의 과정으로 다시 읽고, 더 이상 통제할 수 없어진 시간 속에서 예기치 않게 출현하는 우연들에 주목하는 일. 과정 중심의 창작극 개발사업 [창작공감: 작가]에서 2023년 한 해 동안 다양한 만남을 통해 개발된 두 작품,[6] 박지선 작 〈은의 혀〉와 신효진 작 〈모든〉에서 나는 이러한

---

4   김영민, 『컨텍스트로, 패턴으로』, 문학과지성사, 1996, 58쪽.

5   한국계 미국인 작가 캐시 박 홍의 자전적 에세이 『마이너 필링스』(마티, 2021)에 따르면, 시인 너새니얼 매키는 명사 '타자'와 동사 '타자화하다'를 구별하여 논의를 전개했는데, 이 에세이 제목 또한 미국의 극작가 아미리 바라카에게서 빌려 온 것이다. 바라카는 "백인 음악가들이 흑인 음악으로 이득을 취한 역사를 가리켜 '명사를 동사로' 변질시켰다"고 일갈했는데, 이를테면 "스윙은 음악에 반응한다는 의미의 동사로서 흑인들이 탄생시킨 혁신의 산물이었으나, 백인 음악가들이 이를 탈취하여 거기에 스윙이라는 상표를 갖다 붙였다"는 것(캐시 박 홍, 136~137쪽). 이 글은 '명사에서 동사로'의 전환을 촉구하는 이와 같은 일련의 목소리들에 크게 빚지고 있다.

6   2023년 5월 26일 첫 모임을 가진 이후, '동시대성과 서사', '돌봄과 인권', '젠더'를 키워드로 세 번의 공통워크숍을 진행한 후 초고를 집필하는 시간을 가졌다. 이후 세 번의 초고 피드백 워크숍과 한 번의 국립극단 내부 공유회를 진행했으며, 초고와 수정고를 작성하는 사이사이 작가의 요청

통찰을 목격한다. [창작공감: 작가]가 누구와 무엇을 함께 행할 것인가, 그리하여 그 활동 속에서 발생하는 발견들을 통해 또다시 어떤 행보를 찾아 나설 것인가를 끊임없이 궁리했던, 다시 말해 '창작극 개발사업'이라는 명사에서 수많은 동사들을 찾아 실천코자 했던 과정이라 믿기 때문일까. 그 시간을 반추하며 두 작품을 읽는 동안 나는 명사가 부서지고 그 자리에 동사들이 솟아나는 광경을 상상했다. 지독할 정도로 연극적인 동시에 아슬아슬하게 동시대적인 이 역동이 '2023 [창작공감: 작가]'라는 과거와 이 희곡선이라는 현재, 그리고 무대라는 미래에서 동시에 발생하는 것을 목도했다. 서로가 서로에게 기꺼이 '폐 끼치고' '침투하고 오염'되며 지냈던 시간의 결실이라는 믿음으로, 〈은의 혀〉와 〈모든〉에서 발견되는 '명사가 동사 되는 일', 그 "부단한 생성의 순간들"[7]에 대해 이야기해 보려고 한다.

박지선 작 〈은의 혀〉: '가족'이 되지 않은 채 '가족 하기'

〈은의 혀〉는 정은과 은수, 이 두 '은'의 이야기다. 정은과 은수는 장례식장에서 만났다. 은수의 아들 예준의 빈소. 은수는 유일한 유족이었고, 상조 도우미 정은은 차마 은수를 홀로 두고 갈 수 없어 그 빈소에 남았다. 그것이 이 두 사람의 첫 만남이

에 따라 작가마다 두 번의 현장 리서치/인터뷰를 수행했다. 마지막으로 12월 15일에는 작가가 주도하여 준비한 낭독회를 진행했다. 이 내용은 필요에 따라 소개하겠으나, 모든 자리에 대해 상세하게 기술하지는 않으려고 한다. 작품은 작가가 이 모든 시간을 통합적으로 체화하여 발전해 나간 것으로, 어떤 활동이 구체적으로 어떤 결과물을 낳았는지를 따져 묻는 것은 그다지 의미가 없다고 생각하기 때문이다.

7 연극 연구자 김슬기가 장애인 극단 애인의 대표 김지수가 들려준 구술 생애사를 기록한 책 『농담, 응시, 어수선한 연결』(가망서사, 2022)에서 빌려온 표현이다.

었다. 이후 은수가 아들의 죽음에 대한 기억에서, 아니 그 장례식장에서만이라도 악착같이 도망치려고 했다면, 정은은 은수를 다시 보지 못했을 것이다. 은수가 자꾸만 아들의 빈소가 차려졌던 303호를 찾아 이름도 알지 못하는 고인들을 조문하며 끊임없이 '죽음'을 되뇌었기에, 정은과 은수는 다시 만났다. 봄지나 여름이 오고, 가을 지나 겨울이 되는 그 한 해 동안 그들은 장례식장에서만 만났다. 그렇게 네 번의 계절이 지나는 동안그 작고 초라한 빈소에서 번번이 스친 후에야 비로소 두 사람은 통성명을 하고 소주를 청하고 육개장을 건네는 사이가 되었다.

정은은 은수에게 자기 혀는 '은갈치맨치로 반짝반짝하는은의 혀'이며 이는 외가로 이어져 온 특징이라며, 외증조할머니부터 외할머니, 어머니로 이어지는 '은의 혀' 이야기를 들려준다. 나중에야 밝혀지는 사실이지만 학교 급식실에서 오랫동안 일했던 정은은 이미—조리흄(요리 매연) 때문에 발병하는대표적인 조리실 산재인—폐암이 많이 진행된 상태였고 그런까닭으로 백태가 심했던 것일 뿐인지도 모른다. 그러나 정은은참으로 꿋꿋하게 자신의 혀는 '은의 혀'라고 주장한다. 기실 박지선 작가는 '은의 혀(silver tongue)'는 '굉장한 말솜씨'라는 뜻으로 "의역하면 '퀸 구라'라고도 할 수 있"다고 적어 놓았다. 즉정은의 말은 죄다 '구라'일 수도 있다. '은의 혀'로 1919년 고종의 수라를, 1951년 6·25 전쟁 중 군인들의 밥을, 1979년 '잘살아보세'를 노래하던 각하의 양주 '시바'를 기미했다는 정은의 외증조할머니, 외할머니, 어머니의 이야기는 애초에 건조한 사실을 전달하는 것을 목적으로 하지 않았을 것이다.

랩처럼 쓰여 있는 정은의 대사를 받아 든 정은 역의 배우는길고 긴 대사 위에 '정은은 은수의 애도에 동참한다'라거나 '은수를 돌본다', 또는 좀 더 단순하게 '위로한다'라고 고쳐 적을지도 모른다. 전해져야 하는 것은 꾹 다문 당신의 입 안에 '꽁꽁 묶인 혀',[8] 과도한 독박 돌봄 속에서 세상의 독에 새까맣게 타들어간 그 혀를 나도—뼛속 깊이, 핏속 깊이—잘 알고 있다고 전하고픈 마음임을 알기 때문이다. 이것이 바로 관객이 유쾌한 듯 들리는 정은의 '구라' 속에서 애틋한 정은의 '진실' 또는 '진심'을 발견하게 되는 까닭이며, 은수가 정은을 믿게 되는 까닭일 것이다. 기실 종국에 '은의 혀' 이야기는 은수가 이어 써 정은에게 들려주는 것으로 완성된다. 정은의 가족사이지만 정은이 은수에게 건넨 마음이기에 은수가 이 '이야기'의 다음을 이어 쓸 수 있는 것일 터. 이 모두는 진실일 수도, 구라일 수도, 그 사이 어디쯤 있는 것일 수도 있으나, 그 어떤 것이든 둘이 나눈 진심이다.

진심을 품은 거짓, 이는 '이야기'의 본령이다. 진심과 거짓의 운동 속에서 이야기는 변화를 촉발한다. 정은과 은수는 변화한다. 그렇다고 두 사람이 그 '무엇'이 되는 것은 아니다. '무엇'이 가족, 부부, 연인, 친구, 동료 등 어떤 고정된 관계를 칭하는 특정 명사를 지칭하는 것이라면, 두 사람은 그 '무엇'도 되지 않는다. 무엇이 되어 버리는 대신, 설명을 위해서는 반드시 동사가 필요한 관계가 되어 간다. '아프면 들다보는 관계'를 너머 '서로 폐 끼치는 관계'가 되도록 두 사람은 서로가 서로를 돌본다. 두 사람은 '가족'에게 부과되어 온 돌봄을 혈연이나 법제도로 맺어진 전통적 가족의 영토 밖에서 수행한다. 즉 정은과 은수는—가족사회학자 데이비드 모건이 제시한 것처럼 명사가

---

8 '입 속의 묶인 혀'는 생애문화연구소 옥희살롱 상임대표이자 『돌봄과 인권』의 공동저자인 김영옥에게 낭독회를 위해 준비했던 버전의 희곡을 읽고 작성을 부탁했던 서면 피드백에서 가져온 표현이다. 김영옥은 2023년 6월 27일 '돌봄'을 주제로 진행한 공통워크숍의 강연자이기도 했다.

아닌 동사로서의 가족—'가족 하기'를 실천하는 것이다.[9] 두 사람은 구체적인 실천과 시연을 통해 '가족 하기' 중이기에 하나의 증명서로 요약될 수 없고 두 사람의 관계는 시간을 들여 이야기되어야 하는 것일 터. 이처럼 '퀸 구라' 박지선 작가의 '이야기'는 모든 가족이 각기 다른 동사로 끊임없이 수행되어야 마땅하다는 진실을 환기한다.

물론 '가족 하기'가 모두의 몸과 마음을 치유할 궁극적 대안이라는 것은 아니다. 정은의 고통도, 은수의 슬픔도 완전히 사라지지는 않는다. 보다 정확하게 말하자면, 그들의 고통과 슬픔의 종결에 대해 우리는 예단할 수 없다. 이 글이 예준의 죽음에 대해 언급하기를 주저하는 것 또한 은수가 입 안 가득 머금고만 있는 그 이야기를, 정은조차 끝끝내 묻기를 주저하는 그 이야기를 내가 감히 이 짧은 글에 요약할 수는 없기 때문이다. 그러나 '가족 하기'가 설령 모진 현실에서 우리를 구원하지는 못할지라도, 적어도 슬픔과 아픔으로 마스크 속, 입 속에 묶어 두었던 우리의 혀는 서서히 꿈틀댈 수 있을 것이다. 실천의 역동 속에서 입 속에 가둬 둔 이야기를—정은과 은수가 월선과 함께 방문하는—'수다쟁이' 폭포처럼 '잘잘잘' 쏟아내기 시작하고, 온몸으로 불합리를 증언하고 함께 싸우기를 청하며, 진정으로 스스로를 돌보는 삶을 꾀할 수 있을지도 모른다고, 〈은의 혀〉는 조심스레 희망한다. 같은 슬픔과 아픔을 겪고 있을, 숨어 숨죽여 반짝이고 있을 모든 '은'에게 전하고픈 위로와 응원일 터다. 그렇게 은수는 오늘도 알지 못하는 이의 빈소를 찾는다. 당신 또한 생의 한순간 어찌하지 못하는 마음으로 지켰을 그 작은 빈소에서 당신을 맞는다.

9   김순남, 『가족을 구성할 권리』, 오월의봄, 2022, 55쪽 참고.

신효진 작 〈모든〉: '인류의 종말' 이후를 살아갈 '인간' 되기

랑은 오늘로 열다섯 살이 되었다. '라이제노카 소속 직원들과 그 가족만 거주할 수 있는 핵심 인류 잔존 구역'인 A구역에서 자신을 '엄마' 대신 중립적인 이름으로 불러 달라고 말하는 '생물학적 엄마' 미무와 살고 있다. 랑은 인간의 도시를 돔으로 구획하여 보호하는 초인공지능 라이카 덕분에 지극히 안온한 삶을 살아간다. 라이카는 책을 들려주고, 사용자의 실시간 신체 상태를 모니터링하며, 통증을 제어하여 고통을 느끼지 않을 수 있도록 돕고, 모든 면에서 완벽한 식사 키트를 제공한다. 오류를 최소화하고 우연을 통제한다. 랑은 바로 이 라이카가 키운 아이로 오후에 라이카와의 커넥팅 시술만 받고 나면 '두 글자 이름'을 갖는 '생산가능인구'가 될 것이다. 라이카를 위한 활동을 시작해 A구역에 기여하는 쓸모 있는 존재가 되는 것이다. 그런 랑이 정체불명의 '식별 불가능 개체' 노인 페를 만나 펼쳐내는 모험담이 바로 〈모든〉의 서사다.

페는 랑에게 바깥으로 향하는 문을 찾으러 가자고 한다. 죽은 아들의 머리카락에서 자라난 버섯을 심을 땅을 찾기 위함이라는데, 랑은 페가 무슨 말을 하는지도 도통 모르겠지만 '왜 하필 나'인지가 더 궁금하다. 논리적인 생각보다는 공상을 좋아하고, 실재하지 않는 것을 그리워하는 게 가능한지를 질문하며, 나중에 밝혀지는 것이지만 어린 시절 A구역 바깥으로 나가본 적이 있는 랑은 일견 모험의 주인공으로 너무나도 맞춤해 보인다. 페처럼 이 효율 중심 사회의 예외 같다. 그러나 페가 이 모든 것을 알고 랑을 선택한 것은 아니다. 우연이었다. 존재에 이유가 없듯, 페와 랑의 만남도 우연이었다. 그러나 페가 랑에게 모든 존재는 '우연한 존재'임을 일깨울수록, 랑의 존재론적 질문은 깊어 간다. 나는 왜 나고, 나는 왜 존재해야 하며, 꼭 나여

야만 하긴 했는지, 랑은 궁금하고 불안하다. 인간의 질문은 본디 이토록 나르시시즘적이라 자기 자신만을 향하고, 결국 끝끝내 설명될 수 없는 '우연'이 너무도 두렵다.

그럼에도 랑은 결국 문을 연다. 라이카도 알지 못하던 답을 찾는다. 질문을 다시 써야 함을 발견한다. 마치 랑에 의해 '필연의 세계'였던 A구역이 붕괴할 것 같다. 인간의 미래인 아이 랑이 라이카가 지배하던 이 기이한 세계에서 인류를 구원할 것만 같다. 그러나 〈모든〉은 인간이 영웅 되어 몰락하는 세계를 구원하는 그런 근시안적인 포스트-아포칼립스 서사가 아니다. 우선, 이 세계의 균열은 랑의 여정 이전에 이미 시작되었다. '랑의 생물학적 엄마' 미무는 그 누구보다 이 세계의 세계관을 체화한 듯 말하지만 랑에게는 기묘한 애착을, 유전자 결합 상대자인 '랑의 생물학적 아빠' 가리에게는 스스로도 이해할 수 없는 증오를 느낀다. 사랑도 증오도 의아한 그녀는 무엇보다 랑의 실종에 술렁이는 자신의 마음이 당혹스럽다. 가리는 간지럽다. 무엇 때문에 시작되었는지 모를 무좀 때문에 미쳐 버릴 지경으로 간지러워 손발톱을 뽑고 살갗을 뜯어내는 중이다. 그리고 가리의 연구실 동료인 킴코는 보다 유능한 존재가 되기 위해 자신의 통제 불가능한 육체를 버리고 마인드를 업로딩하겠다고 결심한다. 몸을 없애 비로소 쓸모 있는 존재가 되겠다는 선택을 하는 것. 남편과 열렬히 사랑했으나, 전동 나이프로 자신의 목을 자른, 그렇게 자살을 선택한 도루의 아내처럼, 모든 이들은 이미 오염되었다.

이처럼 〈모든〉의 인물들은 감정도, 고통도, 선택도 통제되지 않는다. 게다가 이들이 겪는 균열은 내부의 발현인지 외부의 침투인지도 확실치 않다. 랑과 페가 문을 발견하기 전에 이미 A구역에는 틈이 존재했고 벌어진 틈으로 '아주 미세하고 촘

촘한 거미줄 같은' 균사가 뻗어나고 있었으며, 붉은 무좀균은
—늪지에는 꿈에서밖에 가 본 적 없는—가리의 몸을 공유지 삼
았다. 이 세계의 예외는 랑와 페가 아니라, 오히려 A구역의 '생
산가능인구', 미무·가리·킴코가 믿고 있는 성장지향이라는 근
대적 세계관인 듯하다. 종국에는 라이카에게조차 부정되는 허
울뿐인 인간 중심의 영토 확장과 효율을 기반한 이들의 세계
관, 그것이 실로 이 세계의 기이한 예외다.

결국 〈모든〉은 순결한 몸, 멸균된 세계란 환영일 뿐임을 환
기한다. '독립적인 개체'라는 생각은 인간이 가졌던 나르시시
즘적 착각이자, 인간이 인간뿐 아니라 지구의 모든 공동거주자
의 생을 위협하는 방향으로 써 내려온 근대적 세계관의 근원적
오류라는 동시대의 통찰을 구체적으로 감각하도록 이끈다. 기
실 버섯과 함께하는 여행을 통해 '안정성의 약속이 부재하는
삶'을 탐구하는 2023년의 화제작, 애나 로웬하웁트 칭의 『세계
끝의 버섯』에 따르면, "어떤 생물종이든 살아 있기 위해서는 살
기에 적합한 협력이 필요하다. (…) 협력이란 차이를 수용하며
일한다는 의미로, 이것은 곧 오염으로 이어진다."[10] 오염이 협력
의 다른 이름이라는 놀라운 통찰. 모든 것들은 서로가 서로에
게 마치 버섯의 균사처럼 촘촘하고 얇은 그물망으로 연결되어
있으며, 따라서 연결 안에서 변형되는 것이 유일한 생존의 길
이다. 기꺼이 오염되는 것. 오염이 바로 협력이고, '오염하기'의
영원한 지속이 세계가 생존하는 유일한 길이다.

---

10   애나 로웬하웁트 칭, 노고운 옮김, 『세계 끝의 버섯』, 현실문화, 2023, 64
     쪽. 2023년 7월 7일 '젠더'를 주제로 진행했던 공통워크숍의 강연자였
     던 문학평론가 오혜진의 이른 소개로 번역본의 출판을 손꼽아 기다렸
     으나, 신효진 작가의 '버섯'에 대한 이해는 여름 동안의 리서치로 번역본
     출판 이전 이미 많이 정리되었다. 즉, 신효진과 칭은 각자 다른 리서치
     를 거쳐 비슷한 생각에 도달했다고 말하는 것이 정확할 터다.

하여 라이카는 실패했다. 인간의 영토를 회복하고 미래로 나아가려는 이 세계의 계획은 무너졌다. 폐와의 우연한 마주침 이후 줄곧 '틈'을 보았고 '틈'을 만났던 랑은 다른 존재의 침투에 자신의 몸을 내어 준다. 연결되어 함께 변형되기를 선택한다. 이 과정이 필연적으로 수반할 우연을 포용한다. 진짜 모험이 비로소 시작되는 것. 있을 법하지 않은 이야기인가? 허나 우리는 있을 법하지 않다는 이유로 근대 문학이 배제했던 수많은 일들이 실제로 일어나는 것을 이미 너무나도 많이 목격했다. "있을 법하지 않음에도 불구하고 초현실적이지도 마술적이지도 않은" 그런 사건들, 재난들, 참사들이 우리의 현실임을 안다.[11]

물론 두렵다. 문득 주춤하며 섬뜩해진다. "나보다 훨씬 나은 존재가 만든 세상에서", "말이 되는 세계에서 살고 싶었"다는 랑의 고백은 우리의 토로이므로. 그러나 오염이 삶으로 향하는 유일한 길이며, 따라서 랑의 선택은 인간을 삶으로 이끄는 결말이다. 다른 존재와의 상호 얽힘 속에서 '인류의 시간' 동안 멈추었던 오염이 재개되면 그 존재를 더 이상 '인간'이라고 부를 수 없게 될지도 모르지만, 우리는 다시금 살아 있는 세계

---

11   아미타브 고시, 김홍옥 옮김, 『대혼란의 시대』, 에코리브르, 2021, 42쪽. 소설가이자 인류학자 아미타브 고시는 근대 문학이 기후 위기를 다루는 데 실패한 까닭을—부르조아적 삶의 질서에 대한 믿음을 바탕으로 한—개연성에 대한 강박에서 찾는다. 고시에 대한 임옥희의 독해는 고시의 논의가 〈모든〉과 어떤 지점에서 공명하는지를 선명하게 보여 준다. "아미타브 고시는 기후 위기와 자연 재앙은 합리적 개연성으로 설명할 수 없다고 말한다. 현실에서 일어나는 우연한 가능성은 필연적 개연성을 초과하는 사건이다. 그렇기 때문에 완결적인 개연성은 인간의 통제와 이해를 넘어선 재앙을 설명하는 문학적 장치로서는 설득력이 떨어진다. 우연한 가능성에 지배되는 기후 위기를 합리적 개연성으로만 묘사하려 든다면, 그것은 기후 위기에 대처하지 못하는 상상력의 빈곤과 다를 바 없다는 것이다. 고시는 열등한 장르로 취급되어온 SF적인 상상에서 새로운 가능성을 찾는다."—임옥희, 「병리적인 시대에, 다른 상상으로」, 《문학동네》, 2022년 가을호, 86쪽.

속 살아 있는 존재가 될 것이다. 다시금 동사의 역동 속에 놓일 것이다. 그렇게 생을 이어 갈 수 있을 것이다. '인류'는 멸망하나 인간은 그 '무엇'도 아닌 것이 되어 부단한 생성 속으로 들어가리라는,[12] 이처럼 지독하게 거짓 없이 희망적인 이야기를 나는 알지 못한다.

의존을 배운 시간들을 딛고, 지속될 오염을 탐하며

과정을 함께하며 나는 여러 버전의 희곡을 읽었다. 어떤 선택들이 어떻게 바뀌어 나갔는지도 기억한다. 그러나 그 모든 변화를 이 글에 담아낼 수는 없을뿐더러 작가의 마음이 어느 순간에 정확하게 어떤 자극 때문에 어떻게 움직였는지 내가 안다고 말할 수는 없다. 그럼에도 불구하고 곁에 있었던 사람으로서 몇몇 에피소드는 나누고 싶다. 박지선·신효진, 이 두 극작가에 대한 자랑이기도 변호이기도 하겠으나, 무엇보다 당신의 희곡 읽기가 극작가의 시간을 상상하고 살피는 일까지 이어지기를 바라는 나의 욕심이다.

과정 중심의 창작극 개발사업 [창작공감: 작가]가 궁극적으로 지향한 것은 매년 꽤 흥미롭고 영리한 작품 두 편을 선보이는 데 그치는 것이 아니라, 극작가가 다중다양한 언어와 시선을 가진 사람들과 서로 영향을 주고받는 과정에서 작업할 수 있는 환경을 마련하는 것이었다. 한국 연극 생태계가 그런 환

---

12 영화평론가 손희정은 "인류가 종말했는데 인간은 살아남을 수 있단 말인가?"라고 묻고 철학자 존 그레이의 언어를 경유하여 답한다. "인류란 '수십억 명의 개인으로 구성된 허구'일 뿐이며, '인류 문명사'가 이 '상상의 공동체'를 "유지하기 위해 작동하는 강력한 지배적 허구"라는 것. 하여 "'인류의 종말'은 북반구 중심적 역사관의 종말에 가깝고, 인류가 종말했다고 해서 구체적 실체로서 인간이 멸종하는 것은 아니다."—손희정, 『손상된 행성에서 더 나은 파국을 상상하기』, 메멘토, 2024, 149~150쪽.

경을, 그런 시간을 욕심내길 바랐다. 효용가치를 따져 안전한 방향으로만 내딛는 대신, 함께 실패할 수 있음을 기꺼이 감당하겠다는 담대한 마음을 나는 자꾸만 탐했다. 그것이 김광보 연출가가 국립극단의 예술감독으로 부임하여 [창작공감]이라는 품 많이 드는 프로그램을 만든 의지였으니까, 그리고 무엇보다 연극은 본디—페기 펠란의 표현을 빌려 강하게 말하자면—"한심한 투자(poor investment)"이니까,[13] 탐해도 되는 마음이라고 믿었다. 시장경제체제 관점에서는 지극히 낭만적이고 사치스럽게 들릴지도 모르지만, 연극 창작자라면 쉬이, 그리고 어쩌면 끝끝내 버리지 못할 그 바람을 나누고자 함이다.

2023년 7월 11일, 서울의 최고기온이 28도까지 올라갔던 그 덥디덥던 여름날, 박지선 작가는 갈치를 구웠다. 모 대학의 급식실 현장 취재를 위해 평생 구운 생선보다 더 많은 갈치를 구웠다고 했다. 그 학교 식당은 비교적 환경이 좋은 곳이었고, 인터뷰에 응해 주신 급식 노동자 분들도 일에 대한 자부심과 만족감을 표하셨다고 했다. 아니 보다 정확하게 말하자면, 급식 노동의 고단함이나 만연한 산재에 대해서는 말을 아끼셨다고 했다. 그러나 두 달도 채 지나지 않아 박지선 작가가 만났던 급식 노동자 전원이 퇴사했다. 〈은의 혀〉가 어떤 이야기들을 속시원히 들려주지 않는 것 같다면, 작가에게서 어떤 망설임이나 주저함이 발견된다면, 그것은 그 여름 하루를 꼬박 함께 일했던 분들에 대한 존중이 아닐까 싶다. 차마 다 말할 수 없는 마음

---

13 페기 펠란은 다음과 같이 썼다. "라이브 퍼포먼스와 연극('실제 신체로 하는 예술')은 이를 비논리적이고 분명히 한심한 투자로 만드는 재현 경제에도 불구하고 지속된다. 연극과 퍼포먼스는 상실, 특히 죽음에 대한 예행연습이 간절한 우리의 정신적 필요에 응답하는지도 모른다."— Peggy Phelan, Mourning Sex: Performing Public Memories, London and New York: Routledge, 1997, p.3.

에 대한 예의가 아닐까 한다.

신효진 작가는 8월 1일 카이스트 뇌인지과학과 교수 정재승을, 11월 30일 국립농업과학원 농업미생물과 연구관 홍승범을 만났다. 정재승에게는 생성형 AI가 중심체제가 된 세계의 모습과 머신러닝 알고리즘에서의 환각 반응에 대해, 홍승범에게는 곰팡이와 균과 버섯에 대해 듣기 위함이었다. 나는 한번은 자리를 함께했고 한번은 녹취록을 받아 읽었는데, 구체적인 내용은 너무도 어려웠으나 두 전문가의 애정과 단호함에 매혹될 수밖에 없었다. (곰팡이에 대한 사랑이라니!) 그러나 더욱 놀라웠던 것은 두 분 모두 신효진 작가의 상상을 온전히 응원하고 지지했다는 점이었다. 설령 과학적으로 적확하지 않다고 하더라도 작가가 그리는 세계를, 그 통찰을 두려움 없이 써 내려가기를 바란다고 두 분은 강조했다. 만약 〈모든〉의 대담하고 급진적인 상상력에서 작가의 자신감이 발견된다면, 그것은 신효진 작가의 지독한 성실함뿐 아니라 두 과학자의 응원과 지지 덕분이 아닐까 한다.

작년 희곡선 해설에 나는 "수많은 사람들의 응원과 지지를 기반한 '난잡한 돌봄'이 [창작공감: 작가]가 쓰고 있는 이야기라는 것을, 그렇게 마주한 동료들의 각기 다른 지향과 취향에서 발생하는 충돌과 충돌이 촉발하는 질문들이 동시대성 탐구의 진정한 동력이었다는 것"을 깨달았다고 적었다.[14] 올해는 여기에 '의존'을 덧붙이고 싶다. '의존'이 있어야 '돌봄'이 일어남에도 불구하고, '의존'의 당연함을 말하고 '의존'을 요청하는 것은 너무나도 어려운 일이다. 자신의 취약성을 드러내는 일이기 때

14　'2022 [창작공감: 작가]' 희곡선인 『몬순』과 『보존과학자』(걷는사람, 2023)에 실은 '운영위원의 글', 「한없이 납작해진 존재들을 조심스레 그러담은 이야기들」에 필자가 적은 문장이다.

문이다.[15] 그럼에도 불구하고 박지선·신효진 작가는 참으로 수많은 사람들에게 '폐 끼치겠다'고 선뜻 나서 주었다. 자부컨대 〈은의 혀〉와 〈모든〉이 성장하는 과정을 함께했던 모든 이들은 단단한 기쁨을 누렸다. 인권활동가 김영옥이 공통워크숍에서 목걸이에 매달린 '펜던트(pendant)'[16]를 경유하여 강조했듯, 서로에게 잘 매달려 있는 것이 중요한데, 우리의 과정을 함께한 분들은 모두 이미 그 가치를 알아 함께하기를 선택한 사람들이었고, 더 나아가 〈은의 혀〉와 〈모든〉을 통해 그 매혹을 다시금 확신하게 되었을 터, 나는 감히 그렇게 말할 수 있다.

앞서 언급한 강연자들을 포함하여, 연극평론가 배선애, 극작가 겸 연출가 이연주, 극작가 한현주, 사회학자 엄기호, 문학평론가 오혜진, 간호사 박은주, 연극평론가 김민조, 사진작가 김신중, 영상감독 최강희·홍서연, 그리고 낭독회를 함께해 준 많은 배우들을 비롯하여, 국립극단 작품개발팀 이슬예 프로듀서를 포함한 수많은 극단 관계자들을 대신하여 두 극작가에게 감사를 전하고 싶다. 기꺼이 의존해 줘서, 돌봄을 청하고 의존을 품으며 살아가는 삶을 부끄럽게 생각하지 않을 수 있게 해주어서, 본디 생이란 그렇게 상호침투하고 오염되며 이어지는 것임을 일깨워 주어 고맙다.

당신도 이렇게 '2023 [창작공감: 작가]'와 만나 여기까지 함께 왔다면, 〈은의 혀〉와 〈모든〉을 만나기 이전으로는 결코 돌아갈 수 없을 것이다. 미안하다. 고고하고 도도하게 홀로 살아가기는 이제 글렀다. 동사화된 이야기가 '의존'과 '오염'이라는 명사를 새로이 썼다. 하여 우리 삶의 근본적인 작동 원리인 이

---

15 에바 페터 키테이, 김희강·나상원 옮김, 『돌봄: 사랑의 노동』, 박영사, 2016 참고.

16 펜던트(pendant)는 pend(매달리다)와 ant(~것)가 합쳐진 단어이다.

역동을 애써 외면하는 삶과는 끝장이 났다. [창작공감: 작가]는 그런 이야기를 썼다. '창작극 개발사업'이라는 명사를 허물어 수많은 동사들로 이루어진 이야기를 썼다. '동사 찾기'라는 아득한 주문에 응하여 부단한 생성으로 이어질 그런 이야기를.

은의 혀

지은이 | 박지선

2024년 8월 1일 1판 1쇄 펴냄
2024년 10월 18일 1판 2쇄 펴냄

펴낸이	재단법인 국립극단
	박정희 단장 겸 예술감독
진행	정용성, 이슬예
주소	서울특별시 종로구 대학로 57 홍익대학교 대학로
	캠퍼스 교육동 2층
웹사이트	www.ntck.or.kr
전화	02 3279 2218
펴낸곳	걷는사람
펴낸이	김성규
편집	김안녕 조혜주 한도연
디자인	신혜연
주소	경기도 용인시 기흥구 동백중앙로 358-6, 7층 (본사)
	서울 마포구 월드컵로16길 51 서교자이빌 304호 (지사)
전화	031 281 2602 / 02 323 2602
팩스	02 323 2603
등록	2016년 11월 18일 제25100-2016-000083호
ISBN	979-11-93412-43-5 [04810]
	979-11-91262-97-1 [세트]